Wenn man über den Felsvorsprung von Tekoma hinausschaut, sieht man drei kleine Inseln: die Schnabelinsel, die Kralleninsel und die Eierinsel. Alle Inseln zusammen werden Zone 5 genannt. Auf der Schnabelinsel wohnen Maya, Jakob, Kim und Ziggy mit ihren mehr oder weniger normalen Familien.
Die vier Freunde erleben gemeinsam die spannendsten Abenteuer und decken das ein oder andere Geheimnis auf ...

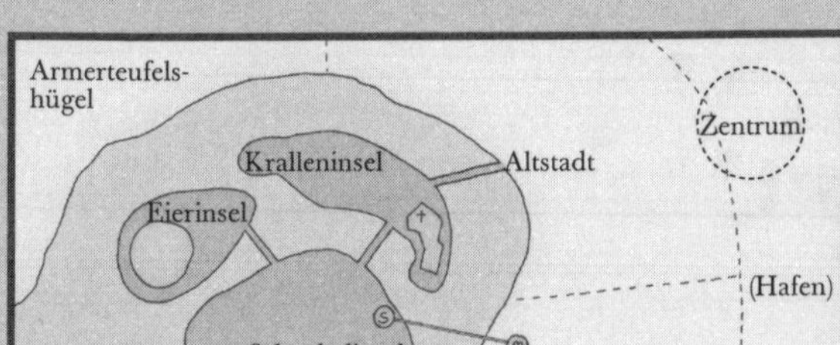

Der schwarze Koffer
oder
Musik aus dem Weltall

Band 2

Von Sally Altschuler
Aus dem Dänischen von
Franziska Gehm

Schneider Buch
EGMONT

Bibliografische Information Der Deutschen Bibliothek
Die Deutsche Bibliothek verzeichnet diese Publikation in der Deutschen Nationalbibliografie; detaillierte bibliografische Daten sind im Internet über http://dnb.ddb.de abrufbar.

Vertrieb durch Egmont vgs verlagsgesellschaft mbH, Köln

Originaltitel: *Zone 5, Ballade med Bit*
Übersetzung aus dem Dänischen: Franziska Gehm
Umschlaggestaltung: Basic-Book-Design Karl Müller-Bussdorf, Herrsching
Herstellung/Satz: FIBO Lichtsatz GmbH, Kirchheim
Druck und Bindung: Ebner & Spiegel, Ulm
ISBN 3-505-12229-3
ab 01.01.2007:
ISBN 978-3-505-12229-7

06 07 / 8 7 6 5 4 3 2 1

Die Abenteuer-Kids:

Kim ist fasziniert von allem, was mit Technik zu tun hat. Ihr Lieblingsgerät ist der Minicomputer *POW*, mit dem sie in null Komma nichts aus jeder Patsche einen Ausweg findet. Kim kommt aus Korea und wurde adoptiert. Sie lebt auf der Schnabelinsel und hat einen kleinen Bruder.

Ziggy ist ziemlich schüchtern und manchmal ein wenig nervös. Er ist erst vor kurzem mit seiner Mutter Laila auf die Schnabelinsel gezogen. Sie haben dort übers Internet ein Haus gekauft, das sich dann aber als Leuchtturm entpuppte. Ziggy liebt Mathematik, Astronomie und Musik. Er besitzt ein großes Teleskop, mit dem er die Sterne beobachten kann.

Jakob liebt Schaumbananen und hat immer mindestens eine Tüte davon bei sich. Mit seiner DVD-Kamera filmt Jakob alles, was ihm vor die Linse kommt. Sein Markenzeichen sind seine blonden Rasta-Zöpfe und eine Strickmütze. Er lebt zusammen mit seinen Eltern und seiner älteren Schwester auf der Schnabelinsel. Jakob hat ein außergewöhnliches Haustier: die Dohle F16.

Maya ist ein kleines Energiebündel: Sie tanzt leidenschaftlich gerne und ist Fan der Band „Grünes Kryptonit". Außerdem hat sie eine Gabe für alles Übersinnliche und Geheimnisvolle. Maya lebt auf der Schnabelinsel zusammen mit ihrer Mutter und schreibt manchmal für die Zeitung *Neuer Schnabel*.

1

„Wo zum Teufel steckt den Ziggy nun wieder?“, rief Laila, als sich eine weitere Touristengruppe dem *Adlernest* näherte. Sie kamen gerade vom Rrundgang in der unterirdischen Grabkammer von Adler dem Schrecklichen und hatten nun zehn Minuten Zeit für den Einkauf in Lailas Laden, bevor die Tour weiterging.

Die kleine Gruppe, die mit Interesse die kleinen Figuren von Adler dem Schrecklichen musterte, verstand nicht, was sie sagte. Es waren nämlich Japaner, und draußen waren noch viel mehr, die Fotos vom Hafen und vom Leuchtturm machten oder in den Körben mit den Kristallen, Gesundheitstees und Massageölen kramten.

Dort gab es außerdem einen Ständer mit Postkarten von Adler dem Schrecklichen, Sternzeichen zum Umhängen und holografische Tarotkarten in verschiedenen Varianten.

„How much is this?“, fragte ein Japaner und hielt eine kleine Nachbildung von dem toten Adler dem Schrecklichen hoch.

Laila lächelte und drehte die Unterseite der Figur nach oben, sodass der Japaner das Preisschild auf dem Boden sehen konnte, auf dem 50 Zin stand.

„Oh, pipty“, lächelte er und kramte in der Tasche nach seinem Geldbeutel.

Ein anderer hielt einen rosafarbenen Kristall über seiner Schulter in die Höhe und wollte wissen, was er kostete.

„One moment“, sagte Laila und verschwand schnell nach hinten. Auf dem Weg zur Hintertür griff sie nach einem Megafon, das im hinteren Teil des Ladens an der Wand hing. Draußen hinter dem *Adlernest* blickte sie zum Leuchtturm hinauf und setzte das Megafon an den Mund.

„Ziggy, wir haben Kundschaft!“, schnarrte ihre Stimme.

Ziggy und Kim saßen in der obersten Etage

des Leuchtturms und bastelten an dem Keyboard herum, das sie gerade aus dem kaputten Synthesizer und der Rhythmusbox zusammenbauten, die sie von Fred drüben auf der Eierinsel bekommen hatten.

Ziggy stöhnte und schaute Kim resigniert an, die gerade eine ziemlich dünne Leitung auf einer Schaltung festlötete.

„Ich muss rüber zum Adlernest." Er stand auf. „Pass auf mit den Dämpfen vom Lötzinn. Die sind giftig."

Kim nickte und legte den Lötkolben ab.

„Geht klar." Sie warf einen Blick auf ihr *POW*.

„Ich muss auch gleich meinen kleinen Bruder abholen. Ich will nur noch eben sehen, was passiert, wenn wir mehr *RAM* in den Frequenzmodulator schicken."

Ziggy verstand nicht genau, wovon Kim sprach. Es war eigentlich auch egal, solange sie nur das Keyboard zum Spielen brachten. Er vermisste sein Klavier wirklich sehr. Es war kaputtgegangen, als er und seine Mutter versucht hatten, in den Leuchtturm einzuziehen.

Ziggy kletterte die Leiter hinunter. Unten stand Jakob und filmte durch eins der kleinen runden Fenster.

„Was filmst du?“

„Möwen. Ist dir schon mal aufgefallen, wie toll die fliegen? Wir sollten einen Film drehen, bei dem wir zu den fliegenden Möwen Musik machen.“

„Klar, aber wir werden wohl nie mit dem Keyboard fertig werden, wenn ich meiner Mutter ständig im Laden helfen muss“, sagte Ziggy. „Das Adlernest wird gleich von einer Busladung Japaner gestürmt, und meine Mutter schmeißt mich ins Hafenbecken, wenn ich nicht in fünf Sekunden dort bin.“

„Wahnsinn, was für ein Sturzflug!“, freute sich Jakob und kramte in seiner Tasche nach einer Schaumbanane.

Ziggy ging eine Etage weiter nach unten.

Auf Kims Computerbildschirm sah er die Titelseite der nächsten Ausgabe ihrer Zeitung *Neuer Schnabel*. Er konnte es sich nicht verkneifen, die Überschrift zu lesen:

Achtung!
Nächste Woche ist Schulbeginn

Für Ziggy war das nicht nur einfach ein neues Schuljahr. Es war auch eine ganz neue Schule, die sich drüben auf dem Festland befand. Noch eine. Er war schon sehr gespannt.

Ziggy war es gewohnt, ein Außenseiter zu sein. Überall, wo sie gewesen waren, hatte man ihn für eine Art durchgeknallten Professor gehalten. Nur nicht hier auf der Schnabelinsel in Zone Fünf.

Ziggy ging auf der Steintreppe hinunter in die unterste Etage. Es gab auch einen Keller. Dort unten waren sie auf Spuren der Grabkammer von Adler dem Schrecklichen gestoßen. Kim und Jakob hatten die Kellertür repariert, aber Ziggy fand, dass sie nicht gerade sehr stabil aussah.

Mayas unterschiedliche Trainingsgeräte und ihre riesige Stereoanlage füllten den Großteil des runden Raumes. Maya selbst war nicht da. Sie war mit dem Schulclub auf Raftingtour. Das war ungewöhnlich, da sie an Schulaktivitäten nur teilnahm, wenn es unbedingt notwendig war. Doch eine Raftingtour in der letzten Sommerferienwoche – dazu konnte Maya nicht Nein sagen. Mit einer Rettungsweste und einem Schutzhelm in einem Gummiboot zu sitzen und einen reißenden Fluss hinunterzurasen, das war Mayas Ding. Aber auf keinen Fall Ziggys. Da würde er trotz allem lieber im *Adlernest* die Kundschaft bedienen.

Draußen vor dem Laden stand eine lange Schlange von schnatternden Japanern. Ziggy benutzte die Hintertür.

„Das wurde aber auch Zeit!“, sagte Laila. „Du wohnst ja schon fast in diesem Leuchtturm. Ich hätte dir nie versprechen sollen, dass du ihn benutzen darfst.“

„Du kannst ihn doch sowieso zu nichts gebrauchen“, verteidigte sich Ziggy. „Und wir waren kurz davor, das Keyboard in Gang zu bekommen.“

„Keyboard?“

„Na klar, Mama. Ich brauche doch etwas, worauf ich spielen kann, oder etwa nicht? Und Fred drüben von der Eierinsel sagt, dass er noch ein paar Teile für mich ...“

„Ja, ja, dieser verrückte Lumpensammler drüben auf der Eierinsel läuft dir nicht weg. Halb Tokio kommt gleich in den Laden.“

„Aber warum kann ich nicht einfach ein Handy haben wie die anderen auch? Das mit dem Megafon ist doch echt zu peinlich.“

Statt zu antworten, scheuchte sie Ziggy hinaus in den Laden. Eine Person hob sich von den anderen in der Schlange ab. Nicht nur, dass der Mann kein Japaner war, sondern sein glatzköpfiger Scheitel ragte mindestens einen Kopf über alle anderen in der Schlange hinaus. Der entscheidende Unterschied war jedoch, dass er statt einer Kamera einen schwarzen Aktenkoffer in der Hand hielt.

„Entschuldigung, aber mir wurde gesagt, dass ich den Eigentümer des Leuchtturms dort eventuell hier finden kann“, sagte er, als er endlich vor Ziggy stand.

Ziggy stutzte. Was wollte so ein Typ von Laila?

„Ähm, der gehört meiner Mutter“, sagte er.

Laila stand neben einem japanischen Jungen, der mit dem Schwert von Adler dem Schrecklichen herumfuchtelte, und sie versuchte zu verhindern, dass er damit die Kristalle und Figuren von der Glasplatte fegte. Als Ziggy sie rief, gelang es dem lächelnden Vater, den Jungen zu entwaffnen.

„Ich habe mir sagen lassen, dass das dort draußen Ihr Leuchtturm ist?“, sagte der Glatzkopf.

Ziggy überlegte, ob der Mann vielleicht zu denen gehörte, die sich beschweren wollten, weil Maya die Musik oft ziemlich laut aufdrehte, wenn sie tanzte oder trainierte.

Laila suchte unter dem Tresen nach einem Karton für das Schwert.

„Ja, das ist wohl richtig, aber mein Sohn glaubt, es wäre seiner.“

„Also sind Sie es, mit der ich sprechen muss.“

Der kleine Japaner redete ohne Punkt und Komma und fuchtelte dabei mit Armen und Beinen herum. Sein Vater versuchte ihn zu beruhigen, aber es wollte ihm nicht so recht gelingen.

„Hätten Sie einen Augenblick Zeit?“, fragte der Glatzkopf.

„Ob ich Zeit habe? Schauen Sie sich doch nur um! Das ist ja wie bei einer Völkerwanderung hier. Wenn Sie etwas kaufen möchten, dann habe ich Zeit, Herr ...“

„Steiß ... Leonard von Steiß.“

„Steiß? ... ähm ... na ja ... also ich heiße Laila Libra.“

Der kleine Japaner wiederholte irgendetwas immer wieder in einer Endlosschleife. Der geduldige Vater versuchte Laila zu erklären, was der Junge wollte, doch genau wie sein Sohn sprach er offenbar nur Japanisch.

„Er würde gerne wissen, ob dazu auch ein Schild gehört“, übersetzte Herr von Steiß.

Laila starrte den Mann erstaunt an.

„Sprechen Sie Japanisch, Herr ... von Steiß?“

„Ja, ein wenig. Und ich würde eventuell gerne Ihren Leuchtturm kaufen.“

Als Ziggy hörte, was der Mann sagte, ließ er beinahe die Flasche mit dem aromatischen Massageöl fallen, die er gerade verkaufte.

Laila staunte jetzt noch mehr. „Den Leuchtturm kaufen?“

„Ja“, lächelte er. „Aber vielleicht ist es am besten, wenn ich später wiederkomme.“

Wie ein Spielzeug, dessen Batterie leer war, rührte Laila sich auf einmal nicht mehr. Der kleine Junge machte Rabatz, und sein Vater lächelte.

„Ähm ... später, ja ... okay. Wir machen um sieben zu.“

„Na dann, auf Wiedersehen bis dahin.“

2

„Du wirst doch nicht etwa den Leuchtturm verkaufen, oder?"

Das war das Erste, was Ziggy fragte, nachdem der letzte Bus mit Touristen abgefahren war und Laila das „GESCHLOSSEN"-Schild in die Tür gehängt hatte. Sie machte die Kasse, bevor sie antwortete.

„Das weiß ich nicht so recht. Wenn ich damit Gewinn mache, können wir den Laden vielleicht vergrößern ... oder eine Reise machen. Würdest du nicht gerne deinen Vater auf Island besuchen?"

Natürlich würde er seinen Vater gerne sehen, aber er war nicht so recht überzeugt davon, dass sein Vater daran genau so viel Interesse hatte wie er selbst. Er würde sich wohl schon freuen und so was ... aber Thorhal ging doch lieber die ganze Zeit auf die Jagd oder auf Fischfang, und das war nichts für Ziggy. Er glaubte, dass er Thorhals Vorstellungen von einem Sohn nicht ganz gerecht werden konnte. Und Laila wollte vor allem deshalb hinauffahren, weil sie dort auf Islandpferden reiten konnte.

„Ich bin aber allergisch gegen Pferdehaare", sagte Ziggy.

In dem Moment klopfte der Kahlköpfige gegen die Glastür. Er trug noch immer seinen schwarzen Koffer bei sich. Laila schloss auf.

„Nochmals Guten Tag", sagte er und streckte ihr die Hand entgegen. „Entschuldigen Sie, falls ich heute zu anmaßend gewesen bin."

„Aber das macht doch nichts", sagte Laila.

Herr Leonard von Steiß grüßte Ziggy ebenfalls höflich. Er war Ingenieur bei einer Firma, die moderne, hochtechnologische Ausrüstungen entwickelte. *VR-Tech.* Ihr Hauptsitz befand sich in Zone Eins von Tekoma, aber sie waren auf der Suche nach einem Ort, an dem sie ungestört an einem besonders interessanten Projekt arbeiten konnten. Leider war Herr von Steiß zum gegenwärtigen Zeitpunkt nicht in der Lage, mehr über das Projekt zu erzählen, aber vielleicht wäre der alte Leuchtturm ein passender Ort für dieses Projekt. Selbstverständlich war *VR-Tech* nicht bereit, jeden Preis zu zahlen, aber Herr von Steiß war sich sicher, dass sie sich gegebenenfalls auf einen Preis einigen konnten, mit dem Laila und Ziggy zufrieden waren.

Ziggy ging im Laden herum und räumte ein wenig in den Regalen auf, wobei er aber jedes einzelne Wort aufsaugte. Laila hatte nie versprochen, dass sie für immer im Leuchtturm bleiben durften. Aber sie hatten sich auch nie vorgestellt, dass sich jemand anderer dafür interessieren könnte.

„Nennen Sie mich ruhig Leonard“, sagte Herr von Steiß und lächelte Laila an.

„Es stinkt“, sagte Ziggy.

„Verzeihung?“, sagte Herr von Steiß.

„Ja, es stinkt nach verfaultem Tang, und es ist feucht im Leuchtturm.“

Das wäre kein großes Problem, meinte Herr von Steiß. Gegebenenfalls.

Laila war leider gar nicht abgeneigt, und Ziggy konnte nur hilflos zusehen, wie sie vereinbarte, dass Herr von Steiß sich den Leuchtturm am nächsten Tag ansehen sollte, wenn das *Adlernest* geschlossen hatte.

„Wissen Sie vielleicht, wo ich hier übernachten kann?"

Laila bat Ziggy, Herrn von Steiß zum *Hotel Titanic* zu bringen.

Draußen vor dem *Adlernest* blieb Herr von Steiß stehen und betrachtete die Yachten im Hafen.

„Hättest du nicht auch gerne so ein Boot?", fragte er und deutete mit dem Kopf auf ein großes, weißes Segelboot. „Es könnte ja sein, dass ihr euch bald eines leisten könnt."

„Ich werde seekrank", erwiderte Ziggy. „Wir müssen dort lang."

Ziggy ging voran, die Hafenstraße entlang bis zum Marktplatz. Einer der Balkone zum Wasser hin wurde gerade neu gestrichen, und die lange Leiter der Maler stand noch auf dem Bürgersteig. Ziggy ging ohne groß nachzudenken darunter hindurch, während Herr von Steiß stehen blieb.

„Gehe niemals unter einer Leiter hindurch, mein Junge. Das bringt Unglück."

Ziggy drehte sich um und sah, dass der Ingenieur einen großen Bogen um die Leiter machte.

„Das ist doch nur Aberglaube", sagte Ziggy.

„Es gibt mehr zwischen Himmel und Erde ..."

Ziggy fiel ein, dass seine Mutter auch immer genau so etwas sagte, wenn ihr die vernünftigen Argumente für ihre Astrologie oder ihre Heilkristalle ausgingen.

Als sie rechts in die Teerstraße einbogen, erinnerte er sich auf einmal daran, dass Laila und er vor nicht mehr als einem Monat Maya selbst zum Hotel gefolgt waren. Wie viel war seitdem geschehen ...

Genau wie damals war niemand in dem kleinen Hotelfoyer zu sehen, und der Ingenieur blickte sich fragend um.

Ziggy deutete auf die kleine Nachbildung der Titanic auf dem Tresen. „Drücken Sie auf den Schornstein", sagte er unschuldig und freute sich schon darauf, Herrn von Steiß aufschrecken zu sehen.

Als er draufdrückte, dröhnte das Nebelhorn durch das Hotel – doch der Ingenieur zuckte noch nicht einmal mit der Augenbraue. Er wartete nur, und als ungefähr 30 Sekunden nichts geschah, drückte er tatsächlich noch einmal.

Jetzt war Ziggy derjenige, der sich am meisten erschreckte. Er überlegte, ob der Mann in Wirklichkeit taub sein könnte und einfach nur wahnsinnig gut Lippen lesen konnte.

Endlich kam der kleine Herr Ezechiel auf seinem Holzbein die Treppe heruntergehumpelt. „Was ist denn das für ein Lärm?“, quäkte der Zwerg. „Ist dort jemand in Seenot?“

Herr von Steiß entschuldigte sich und versicherte, dass er nicht in Seenot sei, jedoch ein Zimmer bräuchte. Der Zwerg nahm seinen Platz hinter dem Tresen ein und holte sein *POW* hervor.

„Eine Kajüte, jawohl ... wie viele Kojen?“

„Kojen? Ein Einzelzimmer, danke.“

Der Zwerg schaute konzentriert auf seinen

kleinen Bildschirm und holte einen Schlüssel, den er dann auf den Tresen schmiss.

„Nummer 13. Erste Etage.“

Herr von Steiß starrte auf den Schlüssel, fasste ihn aber nicht an.

„Ähm ... haben Sie wirklich kein anderes Zimmer? Ich würde nur sehr ungern in Nummer 13 übernachten.“

Herr Ezechiel legte den Kopf zur Seite und lachte glucksend.

„Ach, man ist wohl abergläubisch ...? Aber dann wird es eine Doppelkajüte.“

„Das ist völlig in Ordnung.“

Herr Ezechiel gab ihm einen neuen Schlüssel.

„Nummer zwölf. Erste Etage.“

Dafür war Herr von Steiß sehr dankbar. Offensichtlich hatte er nichts anderes bei sich als seine schwarze Aktentasche.

„Aber in Nummer zwölf ist sicher ein Riss im Spiegel“, rief ihm der Zwerg nach, als er auf dem Weg nach oben war.

„Ach, das bedeutet ja nichts, solange ich ihn nicht selbst gemacht habe.“

Der Zwerg schüttelte seinen runden, bärtigen Kopf. „Knalltüte", murmelte er.

Ziggy musste unbedingt mit den anderen sprechen. Er hatte es eilig, da Laila stinkwütend werden würde, wenn er zur Essenszeit nicht zu Hause sein würde. Maya würde erst am nächsten Tag von der Raftingtour nach Hause kommen, aber Kim und Jakob konnten entweder noch im Leuchtturm sein oder zu Hause. Er eilte zu dem alten Lagerhaus in der Teerstraße, in dem die beiden wohnten.

Kim war nicht zu Hause.

Ihr Vater, Harry, öffnete. Er versuchte offensichtlich gerade, seine Jacke anzuziehen, wobei er gleichzeitig ein belegtes Brot aß. Zwischen seinen Beinen stand Kims kleiner Bruder mit schokoladeverschmiertem Gesicht.

„Ist sie denn nicht im Leuchtturm?", fragte der Vater mit vollem Mund, während er die Jacke anzog und zur Treppe ging. „Ich bin weg", rief er und schob Kims kleinen Bruder zurück in die Wohnung.

„Hallo", sagte er zu Ziggy, stopfte sich den

Rest des Brotes in den Mund und kramte in seiner Tasche nach dem Autoschlüssel. „Du bist dieser Viggo, oder?"

Dann war er fort. Ziggy stieg die Treppe weiter hinauf zu Jakob. Seine große Schwester öffnete und schaute Ziggy herablassend an.

„Jakob?", fragte sie. „Der mit diesen langen, fettigen Locken? Wohnt der noch hier?"

„Er ist nicht zu Hause", rief sein Vater, Jo, aus dem Wohnzimmer.

Als Ziggy auf dem Weg zum Leuchtturm war, bekam er einen Schock. Aus der Tür quoll weißer, dicker Rauch. Der Leuchtturm brannte!

Er rannte los. Gerade als er auf der Mole ankam, sah er Jakob zwischen dem Qualm herauskriechen, und kurz darauf folgte die hustende Kim.

„Ruft die Feuerwehr!", schrie Ziggy.

„Wozu?", hustete Jakob.

„Na, es brennt doch."

Kim schüttelte den Kopf.

„Nein, da war nur ein Dummkopf, der im Herd Feuer machen wollte."

In der untersten Etage stand ein alter, rostiger Holzherd. Jakob hatte ein paar alte Kisten gefunden, die er verbrennen wollte. Er wollte sehen, ob man nicht zumindest mit einem Kessel Wasser darauf heiß machen konnte. Leider ging der ganze Rauch ins Zimmer statt in den Abzug. Das war Jakob ein Rätsel, denn er meinte, dass er nachgeschaut hätte, ob auch ein Loch darin war.

Ziggy war überzeugt, dass sie in Lebensgefahr gewesen waren. Sie hätten schließlich eine Rauchvergiftung bekommen können. „Vielleicht solltet ihr euch von einem Arzt untersuchen lassen? Ich meine, die Lungen ...“

„Lass gut sein. Ich habe meine Medizin dabei.“

Jakob schnappte sich eine Schaumbanane. Ziggy starrte zu Boden. Er wusste nicht so recht, wie er ihnen die schlechte Neuigkeit mitteilen sollte. Und wie würden es die anderen aufnehmen?

„Meine Mutter verkauft vielleicht den Leuchtturm“, platze er heraus.

Jakob blieb beinahe die Schaumbanane im Hals stecken.

Dann erzählte Ziggy die ganze Geschichte

über den Mann mit der Aktentasche, Leonard von Steiß, der irgendetwas ungestört entwickeln wollte. Morgen Abend wollten er und Laila sich den Leuchtturm ansehen.

„Was will er denn entwickeln?"

„Das verrät er nicht."

„Also ein richtig geheimes Projekt?"

„Wir müssen etwas unternehmen", sagte Kim.

„Was?", fragte Jakob.

„Etwas!"

Keiner sagte einen Ton. Als aus der Tür kein Rauch mehr kam, gingen sie hinein.

Ziggy untersuchte den Herd.

„Das ist ja kein Wunder, dass ihr beinahe eine Rauchvergiftung bekommen habt", sagte er. „Du hast nämlich den Backofen angezündet."

„Backofen?"

„Ja, und vom Ofen aus gibt es keinen Abzug", fuhr Ziggy fort. „Darin backt man Brot." Er öffnete eine kleine Tür seitlich der Ofenklappe. „Hier macht man Feuer."

Jakob lächelte schief und zuckte mit den Schultern.

„So ein Gestank“, sagte Kim. „Vielleicht kann ihn das abschrecken.“

Daraufhin versank Ziggy in Gedanken. Wie konnten sie Leonard von Steiß verschrecken?

„Kann sein, dass ich eine bessere Idee habe ...“

3

Als Leonard von Steiß am nächsten Morgen das *Hotel Titanic* verließ, herrschte trübes Wetter. Er hatte seinen Aktenkoffer in der Hand und bemerkte nicht den schlaksigen Kerl mit den langen, hellen Locken, die unter einer großen, gehäkelten Mütze hervorquollen.

Er saß gegenüber vom Hotel auf einer Steintreppe. Wenn er aufmerksam hingesehen hätte, hätte er auch bemerkt, dass der Junge eine Videokamera in der Hand hielt und auf seiner Schulter eine Dohle saß, die er mit Brotkrumen fütterte.

Als Herr von Steiß ein Stückchen die Besangasse entlanggegangen war und jetzt nach links in die Nordwestpassage einbog, stand der Junge auf und folgte ihm. Die Dohle flog los und verschwand über den Hausdächern. Als der Ingenieur den Kiosk betrat, holte der Junge sein Handy hervor.

Ziggy und Kim standen oben im Leuchtturm mit dem Teleskop bereit, als Jakob anrief.

„Er ist gerade in den Kiosk gegangen“, teilte Jakob mit.

„Der Kiosk“, sagte Kim zu Ziggy, der das Teleskop einstellte.

„Ich hab ihn direkt vor der Linse. Er steht vor dem Tresen.“

Im gleichen Augenblick kam die Dohle F16 angeflogen und setzte sich ganz oben auf den Leuchtturm auf die Laterne. Ziggy schielte misstrauisch zu ihr hinauf und nahm Kim das *POW* aus der Hand.

„Deine durchgeknallte Dohle sitzt hier oben auf der Laterne. Bist du dir ganz sicher, dass sie nicht aufs Teleskop kackt?“

„Ja, ja“, antwortete Jakob mit vollem Mund. „Das habe ich ihr beigebracht. Beruhige dich!“ Aber das tat Ziggy nicht so recht.

Jakob ging am Kiosk vorbei und filmte. Dann stellte er sich an die Ecke Nordwestpassage –

Piratenweg und stopfte sich noch eine Schaumbanane in den Mund, während er wartete.

Das war ein günstiger Winkel. Ziggy konnte den Tresen im Kiosk ganz genau sehen.

„Er kauft ... eine Zeitung ... und irgendeine Schachtel ... Pfefferminzbonbons, glaube ich."

Kim wollte auch mal durchsehen.

„Jetzt verschwindet er hinter den Regalen", sagte sie. „Aber er hat noch nicht bezahlt ..."

Kurz darauf tauchte er mit einer Zeitschrift in der Hand wieder auf.

„Auf der Vorderseite ist ein Foto von einem Palmenstrand abgebildet", murmelte Kim. „Aber ich kann nicht erkennen, wie sie heißt."

Ziggy stieß Kim in die Seite.

„Lass mich mal!"

Er stellte das Teleskop ganz scharf.

„Sie heißt ... *Reisen und Abenteuer.*"

„Ach, dann will er wohl verreisen?"

Leonard von Steiß bezahlte und verließ den Kiosk. Jakob folgte ihm mit sicherem Abstand, als er auf die Hafenstraße ging und zur Mole hinausschlenderte.

Wie jeder andere Tourist genoss von Steiß anscheinend die gute Luft. Kim und Ziggy sperrten die Tür zu, damit der Ingenieur nicht in Versuchung geriet, hineinzuspazieren. Er ging ein paar Mal langsam um den Leuchtturm herum und musterte ihn genau. Dann nickte er zufrieden und ging wieder zurück.

Als er Richtung Marktplatz ging, schlich eine schwarze Katze auf der Hafenstraße vor ihm entlang und verschwand zwischen zwei Häusern. Sofort blieb von Steiß stehen und sah sich nervös um. Er fuhr mit der Hand in seine Tasche und holte etwas hervor, das er über seine linke Schulter warf.

„Das war garantiert Salz um bevorstehendes Unglück abzuwehren“, sagte Kim, die ihm wieder mit dem Teleskop folgte. „Der ist ja schrecklich abergläubisch.“

Ziggy nickte. Das kannte er alles. Seine Mutter gab sich immer große Mühe, ihm zu erklären, dass es zwischen Himmel und Erde noch mehr gab.

Von Steiß wandte sich um. Er ging auf der Hafenstraße zurück und bog in die Besangasse ein. Dort konnten ihm Kim und Ziggy nicht mehr länger mit dem Teleskop folgen, aber Jakob folgte ihm bis zur Ecke Teerstraße, und weiter, bis er wieder in der Hafenstraße angelangt war. Aber nun lag die Stelle, wo die Katze über die Straße gelaufen war, hinter ihm.

Er spähte die Straße hinauf und hinunter, und als er sich versichert hatte, dass freie Bahn herrschte, ging er zur Litfasssäule auf der Mitte des Marktplatzes, setzte sich auf eine Bank und schlug die Zeitung auf. Im gleichen Moment rollte ein Reisebus über den Platz und kurz darauf krächzte Lailas Megafon über den Hafen.

„Behalt ihn im Auge", seufzte Ziggy, als er ging. „Ich bin mir sicher, dass der Plan funktioniert."

Auf dem Weg zum *Adlernest* traf er Jakob, der gerade zum Leuchtturm unterwegs war. Es war nicht nötig, dass beide, sowohl Kim als auch Jakob, den Mann überwachten. Er tat nämlich nichts anderes als auf der Bank zu sitzen und Zeitung zu lesen, wobei er Pfefferminzbonbons aß. Anscheinend las er in der Zeitung jeden einzelnen Buchstaben, das brauchte seine Zeit. Als er mit der Zeitung fertig war, fing er mit dem Reisemagazin an.

Von der Spitze des Leuchtturms aus konnte ihn Jakob im Auge behalten, während er die Möwen filmte, die sich in der Luft wild um ein Brotstück stritten, das er ihnen zugeworfen hatte.

Kim war nach unten gegangen um an der brandneuen Ausgabe des *Neuen Schnabels* zu arbeiten. Während sie schrieb, kicherte sie vor sich hin. Als sie mit dem Artikel fertig war, rief sie Jakob über die Gegensprechanlage, die sie zwischen den Etagen installiert hatte.

Bevor er nach unten kam, erklang eine sanfte Stimme von ihrem *POW*.

„Anruf von Maya ... Anruf von Maya ...“

Sie nahm das *POW*.

„Hallo, Maya!“

Maya war auf dem Heimweg von der Raftingtour. Kim hörte ihr geduldig zu. Es war zu kompliziert, sie sofort über den Ernst der Lage zu informieren, und Maya sagte, dass sie in ein paar

Stunden zu Hause sein würde. In der Zwischenzeit war Jakob nach unten gekommen und hatte den Artikel auf Kims Bildschirm gelesen. Er nickte anerkennend.

„Das sollte wirken."

Kurz darauf waren Kim und Jakob mit einem Stapel *Neuer Schnabel* vom Leuchtturm unterwegs zum Marktplatz. Der Reisebus war gerade wieder abgefahren, und in der Tür vom *Adlernest* stand Ziggy und hielt mit ihnen Blickkontakt.

Leonard von Steiß saß noch immer da und las in seiner Zeitschrift, als Kim und Jakob sich näherten.

„Verzeihung", sagte Kim höflich. „Aber wie wäre es mit der neusten Ausgabe unseres Lokalblattes *Neuer Schnabel*?"

Leonard von Steiß lächelte sie an.

„Ich glaube nicht ...", begann er.

„Die kostet nichts", stieß Jakob hervor. „Und darin sind sehr spannende Artikel über alles, was hier auf der Schnabelinsel passiert."

„Bitteschön", sagte Kim. Als sie ein Exemplar auf von Steiß' Tasche legte, ging ein nervöses Zucken durch seinen Körper, aber dann lächelte er erneut und bedankte sich.

Ein weiterer Reisebus war auf dem Weg zur Grabkammer von Adler dem Schrecklichen. In 20 Minuten würde der Rundgang beendet sein, und dann war in Lailas Laden wieder die Hölle los.

Kim und Jakob gingen hinüber zum *Café Schere* und warfen ein paar Zeitungen auf die Theke.

Paul polierte gerade die Gläser. Sein Freund Pierre saß in einer Ecke und klimperte auf seiner Ukulele.

„Bitteschön", rief Kim. Dann waren sie bereits wieder zur Tür hinaus und auf dem Weg zum Leuchtturm.

Das Teleskop war noch immer auf von Steiß gerichtet. Er las gebannt im *Neuen Schnabel.*

Kim hatte die Schlagzeile geändert. Jetzt handelte sie nicht mehr vom drohenden Schulanfang.

Geht Adler der Schreckliche wieder um?

Die Redaktion des Neuen Schnabels *hat zahlreiche Zuschriften erhalten, in denen über mysteriöse Vorfälle im alten Leuchtturm berichtet wird. Eine zuverlässige Quelle, die namentlich nicht genannt werden möchte, erzählt, dass sie von Zeit zu Zeit geheimnisvolle Geräusche im Turm hört. Angeblich sollen sie sich genau wie die Schreie eines Adlers anhören, doch es war nicht möglich, eine Erklärung für das Phänomen zu finden. Die Schreie scheinen die alte Sage von den ruhelosen Geistern von Adler dem Schrecklichen zu bestätigen. Bekanntlich behaupten mehrere anerkannte Experten, dass Adler der Schreckliche den Leuchtturm heimsuchen wird aus Rache dafür, dass man seinen Grabfrieden gestört hat. Mehr dazu im Innenteil.*

Leonard von Steiß verschlang jedes Wort in dem Artikel. Dann hob er den Blick und schaute zum Leuchtturm hinüber. Das zufriedene, entspannte Lächeln war einem bekümmerten Ausdruck gewichen.

Kim hatte keine Zweifel. „Er hat es gelesen."

Jakob beobachtete Leonard von Steiß, der tief einatmete und die kleine Zeitung sorgfältig zusammenfaltete.

„He, sieht aus, als ob er gleich die Tasche öffnet ..."

„Der Code!", rief Kim. „Sieh zu, dass du den Code mitbekommst."

Jakob hielt die Luft an um das Teleskop auf keinen Fall zu verwackeln.

„Ich glaube ...", flüsterte er. „Ich glaube, die erste Zahl ist zwei."

„Zwei. Und weiter?"

„Acht ... vielleicht. Oder drei. Mist, jetzt legt er die Tasche anders hin. Ich kann die beiden letzten Zahlen nicht erkennen."

Dann sah er Kim an.

„Wozu brauchen wir eigentlich den Code?"

„Mensch, das ist doch egal", sagte Kim aufgeregt. „Es ist immer gut, einen Code zu kennen. Man kann nie wissen."

Die Tasche ging auf und von Steiß legte den *Neuen Schnabel* hinein.

Kim wollte sehen, was er in der Tasche hatte, und schubste Jakob deswegen beinahe über das Geländer.

„Unterlagen“, murmelte sie. „Unterlagen und ein paar schwarze Schachteln, glaube ich.“

Dann machte er die Tasche wieder zu, stand auf und schaute nochmals sorgenvoll zum Leuchtturm, bevor er zur Hafenstraße ging.

Vor dem *UFOod*-Restaurant blieb er wieder stehen und betrachtete lange die 3D-Bilder mit den schwebenden Galaktoseburgern und den Sojashuttles mit Fiber-Pommes .

Dann ging er hinein.

„Er geht dort essen“, sagte Kim. „Lass uns mit den restlichen Vorbereitungen anfangen.“

„Ich glaube, ich bin auch hungrig“, murmelte Jakob und schnappte sich eine Schaumbanane.

„Bist du das nicht immer?“, sagte Kim, als sie die Leiter hinunterstieg.

4

Jakob und Kim trugen gerade eine alte Leiter in den Leuchtturm, als Maya auftauchte.

„Es war total Klasse", begann sie begeistert. „Der Fluss hatte richtig viel Strömung, und ich habe Abseilen gelernt ..."

„Das können wir uns später noch anhören", unterbrach sie Jakob. „Wir haben ein Problem. Ziggys Mutter verkauft vielleicht den Leuchtturm."

Mayas Begeisterung schmolz dahin wie eine Schneeflocke auf einer Kochplatte.

„Den Leuchtturm verkaufen ... ja, aber, was machen wir denn da?"

„Tja, das wirst du jetzt hören", begann Kim.

Mehr oder weniger aus einem Mund erzählten ihr Kim und Jakob von dem Plan. Maya hatte einerseits Angst, dass er nicht funktionieren könnte, aber andererseits hatte sie selbst keine bessere Idee.

Sie hatten gerade Mayas Musikanlage in den Keller hinuntergeschleppt, als Ziggy endlich mit der Arbeit fertig war.

„Jetzt dauert es nicht mehr lange, bis meine Mutter mit dem Typen kommt", sagte er und sauste hinauf zum Aufenthaltsdeck, um nach ihnen Ausschau zu halten. Kim und Maya kümmerten sich um die letzten Vorbereitungen mit einem Ventilator, den sie hinter einem Vorhang oben bei Kim versteckt hatten. Jakob saß auf dem Fußboden und redete beruhigend auf den Herd ein. Kurz darauf knackte es in der Sprechanlage.

„Sie kommen. Sie gehen gerade auf die Mole."

Leonard von Steiß und Laila wirkten wie zwei alte Freunde, die miteinander plauderten. Das erstaunte Ziggy. Er konnte sich nicht vorstellen, dass der glatzköpfige Mann mit der Aktentasche unterhaltsam sein konnte.

Als Laila klopfte, übte Maya vor dem großen Spiegel gerade ein paar Tanzschritte. Normalerweise wäre Musik durch den ganzen Leuchtturm gedröhnt, aber jetzt hörte man nur Mayas leises Summen.

Ziggy saß auf dem Fußboden und legte eine Patience. Kim und Jakob waren oben und spielten dem Anschein nach auf Kims Computer.

Leonard von Steiß grüßte freundlich. Laila traute ihren Augen kaum, als Ziggy und Maya sich beide erhoben, Herrn von Steiß die Hand gaben und sich verbeugten.

„Ähm ... ja, also wie gesagt dürfen mein Sohn und seine Freunde den Leuchtturm benutzen, bis er verkauft wird."

„Ist das eine Art Turnhalle?", fragte von Steiß und deutete auf Mayas Trainingsgeräte.

„Fitness", sagte Maya. „Aber wir ziehen ja sowieso bald um."

„Darüber müssen Sie sich also keine Sorgen machen, Herr von Steiß", fügte Ziggy hinzu.

Laila sah aus wie ein einziges großes Fragezeichen.

„Und wieso wollt ihr umziehen?", fragte der kahlköpfige Ingenieur.

Ziggy und Maya schauten sich ausweichend an.

„Na ja ... das ist ... nicht so einfach zu erklären", begann Maya.

„Ja, das hat etwas mit einer Art Vorahnung zu tun", sagte Ziggy.

„Eine Vorahnung!", rief Laila. „Du hattest doch sonst noch nie Vorahnungen."

„Es ist nur so ... manchmal kommt es uns so vor, als ob hier noch etwas anderes ist als nur wir", erklärte Maya.

Der Ingenieur spitzte die Ohren.„Etwas anderes? Ich habe da so einen Artikel im *Neuen Schnabel* gelesen ..."

„Aber wollen Sie nicht nach oben gehen und sich umsehen?", unterbrach Ziggy und zeigte auf die Treppe.

Von Steiß nickte und ging hinauf.

„Was ist denn das für ein Geschwafel?", flüsterte Laila Ziggy zu, als sie dem Ingenieur folgte. Ziggy tat, als ob er es nicht gehört hätte.

Als Laila und von Steiß nach oben verschwunden waren, drückte Maya auf die Fernbedienung der Stereoanlage. Erst ertönte ein leises Sausen, dann zwei laute Schreie.

Eine Etage weiter oben erstarrte von Steiß mitten im Händedruck, den er gerade mit Jakob austauschte.

„Was ... was war das?"

Kim wandte sich von den anderen ab und blickte aus dem Fenster.

„Ich glaube ja nicht an so etwas ... aber es kann nur der Geist von Adler dem Schrecklichen gewesen sein."

„Ein Geist?" Von Steiß blickte verwirrt von einem zum anderen.

„Quatsch", sagte Laila. „Hier gab es noch nie Geister."

Sofort holte sie ein kleines Pendel hervor. Es hing gerade nach unten.

„Sehen Sie", sagte sie. „Nicht der geringste Ausschlag."

Kim drückte auf eine Taste. Ein Vorhang am Fenster begann sich zu wellen, und der Windstoß versetzte das Pendel leicht in Bewegung. Sofort erklangen noch mehr Schreie von unten.

„Die hören sich genau wie Adlerschreie an", flüsterte Jakob. „Ich habe selbst einmal welche aufgenommen."

„Ach du meine Güte", murmelte der Ingenieur. „Hier ist es auf einmal kalt ... Und seht doch, das Pendel ...!"

Der Ausschlag wurde kräftiger.

„Es könnten Möwenschreie sein", schlug Laila vor. „Schauen wir uns weiter oben um."

„Ich ... ich glaube, ich habe genug gesehen."

„Ja, aber ..."

„Außerdem habe ich eine ... ähm, eine Verabredung ... jetzt gleich", keuchte von Steiß und stieg bereits nach unten.

„Geister? Davon habt ihr nie etwas erzählt", sagte Laila misstrauisch zu Kim und Jakob.

Jakob zuckte mit den Schultern.

„Wir wollten Sie doch nicht beunruhigen."

Als Leonard von Steiß mit Laila im Schlepptau die Treppe herunterkam, ging die Ofentür vom Herd auf, und eine Katze sprang heraus und schoss wie ein schwarzer Blitz durch den Raum. Sie war schwärzer als schwarz, und wenn sie das nicht schon vorher gewesen war, dann war sie es auf jeden Fall nach ihrem Aufenthalt in dem verrußten Ofen.

Der kahlköpfige Ingenieur stieß einen Laut aus, der sich anhörte wie ein Schaf, das unter Wasser blökte. Im gleichen Moment kam von irgendwoher eine Dohle quer durch den Raum geflattert und setzte sich auf Mayas Sprossenwand auf die oberste Stufe, wo sie den Kopf schief legte und den schockierten Ingenieur anstarrte.

„Krrrah", machte F16.

Der arme von Steiß trat einen Schritt zurück. Das hätte er besser nicht tun sollen, denn dabei trat er auf die reparierte Kellertür.

Ziggy wollte gerade eine Warnung ausrufen, als ein Knacksen erklang und der Mann mit einem Schrei durch die Tür stürzte und im Kellereingang verschwand.

Laila stürzte hilfsbereit herbei, und Kim und Jakob kamen von oben heruntergestürmt.

„Was ist passiert?", riefen sie durcheinander.

Mit vom Schrecken gezeichneten Gesicht deutete Ziggy auf die zerstörte Tür.

„Hoffentlich ist er nicht tot“, jammerte er.

„Wir waren noch nicht ganz fertig mir der Tür“, sagte Jakob.

„Hilfe!“, rief Leonard von Steiß aus dem Keller. „Gibt es denn hier kein Licht?“

Schnell entfernten sie die Reste der Tür. Der Ingenieur lag benommen, aber verhältnismäßig unverletzt auf dem Kellerfußboden. Sie halfen ihm beim Aufstehen und bürsteten seine Kleider ab, während Laila damit zu tun hatte, sich zu entschuldigen.

Von Steiß wollte weder abgebürstet werden noch sich Entschuldigungen anhören. Er wollte nur weg. Erst da bemerkte er die Leiter, die neben der Tür stand und unter der er hindurchgegangen war, als er und Laila in den Leuchtturm hineingekommen waren. Er deutete beunruhigt darauf.

„Oh nein!“, klagte er. „Ich bin unter der Leiter durchgegangen. Könnten Sie vielleicht so nett sein und sie entfernen?“

Als die Leiter weg war, verschwand er ganz schnell durch die Tür hinaus, und Laila folgte ihm. Während er sich an eins seiner Knie fasste, bewegte er sich in einer sehr eigentümlichen Gangart auf der Mole. Laila versuchte derweil, ihm etwas zu erzählen.

Die vier Freunde blieben, noch etwas überrumpelt von ihrem vollen Erfolg, zurück.

„Zum Glück hat er sich nicht den Nacken gebrochen", sagte Ziggy erleichtert.

„Deine Mutter muss schon richtig gute Überredungskünste haben, wenn er den Leuchtturm jetzt noch kaufen will", meinte Maya.

Kim und Jakob betrachteten die kaputte Kellertür. Jakob ging ein paar Stufen hinab um sich einen Überblick über den Schaden zu verschaffen. Dabei fiel ihm Leonard von Steiß' Aktentasche in die Augen. Sie lag ganz unten auf dem Kellerfußboden auf einem Haufen alter Fischernetze.

„Hier ist irgendetwas faul", sagte Kim und schaltete das *POW* aus. „Ich habe jetzt mit sechs verschiedenen Personen bei *VR-Tech* geredet, und keiner von ihnen hat jemals von Leonard von Steiß gehört."

Sie saßen alle in der dritten Etage in Jakobs Durcheinander aus Filmdisketten, Tierbüchern und leeren Schaumbananentüten. Die Wände waren bedeckt mit Fotos von fliegenden Möwen, den leuchtenden Zeichen aus dem Keller, die sie zur Grabkammer von Adler dem Schrecklichen geführt hatten, und Jakobs eigener Malerei von goldglänzenden Käfern und gefleckten Schneeleoparden.

Der Tisch war übersät mit Vogeldreck, und F16 saß da und betrachtete mit schrägem Kopf die Aktentasche von Leonard von Steiß.

„Ja, aber dann lügt er doch", stellte Ziggy fest.

„Ein Schwindler!", rief Jakob. „In Wirklichkeit haben wir deiner Mutter einen Gefallen getan."

„Und dann ist es doch auch völlig okay, wenn wir seine Tasche aufmachen, oder?", meinte Maya.

F16 nickte und machte noch einen Haufen auf den Tisch.

Ziggy zögerte, aber die anderen waren mit F16 einer Meinung.

Es gab vier Zahlenrädchen, die man einstellen musste.

„Die ersten beiden waren 23 oder 28“, sagte Jakob.

„Es gibt 200 Möglichkeiten, wenn die beiden ersten Zahlen 23 oder 28 sind“, erklärte Ziggy.

„Na ja, wenn du es sagst ...“, entgegnete Maya. „Dann sollten wir wohl mal anfangen.“

Es dauerte nicht allzu lange, die 200 verschiedenen Kombinationen auszuprobieren. Doch die Tasche ging trotzdem nicht auf. Maya ging nach unten, und Jakob setzte sich und schaute verärgert drein.

„Hm, na dann war es vielleicht eine 25“, murmelte er. „Es war schwer zu erkennen ...“

„Wie wäre es damit?“, sagte Maya, die mit einem Schraubenzieher in der Hand zurückgekommen war. „Könnte der nicht funktionieren?“

Einen Moment später war von Steiß’ Tasche offen. Zuerst sahen sie den *Neuen Schnabel.*

Das Blatt lag ordentlich zusammengefaltet über zwei kleinen schwarzen Metallkisten und einer Unmenge Unterlagen, die in Plastikheftern aus unterschiedlichen Farben geordnet waren. **8082004BI/DIR** stand darauf.

Ziggy nahm die Metallkisten heraus und schob sie zu Kim hinüber.

„Magst du die aufmachen ...?"

Kim nahm eine und öffnete die Schnallen auf der Seite. Als der Deckel aufging, hörte man ein „Plopp", wie beim Öffnen eines frischen Marmeladenglases.

In der Tasche lag etwas, das noch am ehesten einem Hundenapf aus rostfreiem Stahl ähnelte. Es hatte vier Löcher, ein paar Kerben an der Seite und ein rundes Loch auf dem Boden. Außerdem lag dort eine kleine Plastiktüte mit winzigen elektronischen Teilen. Kim schnappte sich begeistert die Plastiktüte.

„Das sind Mikroprozessoren!", rief sie. „Vier Stück."

Jakob öffnete schnell die andere schwarze Kiste, bevor Maya sie ihm aus der Hand reißen konnte.

„Was ist das?“, murmelte er, als er den Inhalt sah. Er traute sich nicht so recht, ihn zu berühren. In der Kiste lag eine Scheibe aus einer Art durchsichtigem Gelee. Es ähnelte noch am ehesten Glas.

„Das sieht eklig aus. Wie eine zerquetschte Qualle“, sagte er.

„Oder eine Feuerqualle“, meinte Ziggy.

Maya streckte vorsichtig einen Finger aus.

„Es klebt nicht“, sagte sie und hob es vorsichtig hoch. Es war eine Art Ballon oder ein Ball mit vier kleinen Beulen. Es sah bloß nicht so aus, als ob man es auch aufblasen konnte. Aber es gab etwas, das wie ein Ventil dafür aussah. Maya legte es vorsichtig auf den Tisch.

Unter dem Ballon lagen zwei Stangen, die aussahen, als ob sie aus Modellwachs gefertigt waren.

„Plastiksprengstoff ...“, sagte Ziggy und schnappte nach Luft.

„Oder Lebkuchenteig“, grinste Maya.

Dann fanden sie eine Injektionsspritze und eine Kanüle.

„Er ist ein Junkie“, schlug Ziggy vor.

„Oder ein Arzt“, sagte Jakob.

Es gab außerdem noch zwei versiegelte Gläser mit etwas Flüssigem. Das eine war durchsichtig und das andere leuchtete blau.

„Vielleicht ist es radioaktiv“, flüsterte Ziggy. „Vielleicht hat es Strahlung ...“

Er fing an, seine Brille zu putzen.

Jakob klopfte ihm beruhigend auf den Rücken. „Bleib mal ganz ruhig. Dann wäre die Kiste ja schwer wie Blei gewesen, oder?“

„Na ja ...“, sagte Ziggy unsicher und nahm einen roten Plastikhefter mit Unterlagen. Er trat ans Fenster um besser sehen zu können.

Maya drehte den Hundenapf hin und her.

„Der ist ganz schön leicht“, sagte sie.

Kim war sich sicher, dass er aus Titanium gemacht war. Sie war nur noch mit den Prozessoren beschäftigt. Als Maya eine Art kleine Steckdose an der Unterseite der Schale entdeckte, riss ihr Kim den Napf aus den Händen. Die Mikroprozessoren passten haargenau in die kleinen Löcher.

Kims Augen leuchteten.

„Ich kann sie testen. Wir schauen mal, wie schnell die sind."

Sie nahm die Prozessoren wieder heraus und war bereits auf dem Weg die Treppe hinunter, als Ziggy auf einmal rief: „Leonard von Steiß geht gerade auf die Mole hinaus!"

„Sicher will er die Tasche holen", sagte Maya.

„Es ist ja auch seine", sagte Ziggy.

„Das ist doch ein riesengroßer Schwindler", meinte Maya. „Er hat sie garantiert geklaut."

„Also sind wir eigentlich gezwungen, sie zu behalten", fuhr Kim fort.

„Logisch", sagte Jakob. „Und die sieht ja auch nicht gut aus mit dem aufgebrochenen Schloss."

Ziggy putzte die Brille und murmelte etwas, das keiner der anderen hörte. Im Verlauf kürzester Zeit hatten sie alle Sachen wieder zurück in die Tasche gelegt.

Maya schlug vor, dass sie diese in der Kiste von Ziggys Teleskop verstecken sollten.

„Ähm, oben bei mir?“

„Na klar, denk mal dran, dass das Ganze dein Plan war, nicht wahr?“

„Immer mit der Ruhe. Ich kümmere mich schon darum, Ziggy“, sagte Maya und huschte schnell mit der Tasche die Leiter hinauf.

„Und wir tun einfach so, als ob nichts gewesen wäre“, sagte Kim.

Es klopfte an der Tür, und von Steiß kam herein, kaum dass Jakob aufgemacht hatte. Er lächelte nervös.

„Meine Tasche“, sagte er. „Ich habe sicher meine Tasche hier vergessen.“

Alle drei sahen sich an. Ziggy war bereits nach oben gegangen.

„Ja?“, sagte Maya unschuldig.

„Ich würde sie gerne haben. Sofort!“

„Entschuldigen Sie“, begann Maya. „Aber Sie haben sie doch schon bekommen, Herr von Steiß.“

Der kahlköpfige Mann war nun nicht mehr so freundlich.

„So ein Quatsch! Gebt mir meine Tasche!“

Maya blieb dabei.

„Ja, aber Herr von Steiß, wir haben sie doch schon abgegeben."

Er bekam einen roten Kopf und spie die Wörter hervor.

„Jetzt reicht es aber. Gebt mir umgehend meine Tasche ... sonst gehe ich zur Polizei ... und zu den Behörden."

Der höfliche Mann von vorhin war kaum wieder zu erkennen.

Kim und Jakob sahen Maya verzweifelt an. Oben schaute Ziggy vom Treppenhaus nervös herunter. Was hatte Maya vor?

„Also, Herr von Steiß ..."

Maya sprach sanft und geduldig wie mit einem kleinen Kind.

„Wissen Sie denn wirklich nicht, dass die Tasche bereits abgeholt wurde?"

„Abgeholt!", schrie er. „Abgeholt von wem?"

„Na, von *VR-Tech* natürlich", fuhr Maya in aller Ruhe fort. In dem Moment sah Leonard von Steiß wie ein Ballon aus, dem die Luft ausging.

„*VR-Tech*?", winselte er.

„Ja. Wir haben die Tasche unten im Keller gefunden, nach ihrem ... Sturz. Und dann haben wir gleich bei *VR-Tech* angerufen. Nicht wahr, Kim?“

„Noch in derselben Sekunde“, sagte sie mit großen, unschuldigen Augen. „Es hätte ja etwas Wichtiges sein können.“

Jakob lächelte zuvorkommend.

„Und die waren bereits hier und haben sie geholt. Wir sollen Ihnen Grüße ausrichten, wenn wir Sie sehen.“

Leonard von Steiß lehnte sich nach hinten an die Wand.

„Grüße? Grüße von *VR-Tech* ... *VR-Tech* hat meine Tasche geholt“, murmelte er weinerlich.

„Ja, stimmt denn irgendetwas nicht, Herr von Steiß?“

Maya klang sehr mitfühlend.

„Nein ... nein. Gar nichts, nein.“

Er wankte zur Tür.

„Rein gar nichts. Ha ha ... Ich bin ja nur unter einer Leiter durchgelaufen. Ha ha ...“ Er lächelte merkwürdig, als er hinausging.

„Hoffentlich fällt er nicht ins Wasser“, sagte Ziggy, der die Treppe heruntergekommen war und ihn auf die Mole schwanken sah.

5

„Man muss die beiden Flüssigkeiten außerdem im Ballon vermischen“, sagte Ziggy, der seine Nase in die Unterlagen gesteckt hatte. „Dazu braucht man die Spritze. Und dann muss man den Ballon in die Schale legen. Das Ganze soll bei Zimmertemperatur 16 Stunden im Dunkeln stehen. Alle vier Stunden soll man 13 Milliliter Leitungswasser dazugeben. Aber da steht nicht, was dann passiert.“

„Das ist ja wie beim Backen. Muss auch noch Hefe rein?“, lachte Maya.

„Stellt euch mal vor, es geht in die Luft“, murmelte Ziggy.

Jakob schaute auf die Uhr.

„16 Stunden. Jetzt ist es 18 Uhr 13 ... Dann ist es also morgen fertig um ...“

„10:43 Uhr“, stellte Ziggy ohne Zögern fest.

Auf einmal kam Kim von der Treppe gesprungen.

„Das ist der Hammer!“, rief sie begeistert. Die anderen schauten auf.

„Diese Mikrodinger hier sind schneller, als ich messen kann. Und das will was heißen!“

Maya wunderte sich.

„Ich möchte wissen, was das für ein Ding ist.“

Ziggy saß mit den zwei verschiedenen Gläsern da.

„Tja, sollen wir sie also vermischen?“

„Na klar!“, sagten die anderen drei wie aus einem Mund.

Ziggy zögerte, die Gläser zu öffnen.

„Ich meine, wenn wir das gemacht haben, dann können wir es nicht mehr rückgängig machen ...“

„Na und?“, sagten die drei anderen im Chor.

Ziggy zuckte mit den Schultern, putzte die Brille und steckte die Kanüle durch den Foliendeckel auf einem der Gläser, so wie er es bei seiner Impfung beim Arzt gesehen hatte. Dann steckte er die Kanüle durch das Ventil in den durchsichtigen Ballon und leerte die Spritze. Er hielt den Atem an, als er dasselbe mit dem anderen Glas tat.

Die Flüssigkeiten vermischten sich im Ballon und bildeten eine bläuliche, milchige Substanz. Sie fing zu brodeln an, und der Ballon breitete sich langsam aus und wurde kugelrund, wenn man mal von den vier kleinen Beulen absah. Als sie den Ballon in die Schale legten, passten die Beulen ganz genau in die vier Löcher.

„Steht denn da nicht, wozu das alles gut sein soll?", fragte Maya.

Ziggy blätterte in den Unterlagen und schüttelte den Kopf.

„Sicher zu etwas, das Projekt *8082004BI/DIR* heißt."

„Ach, so etwas ist das!", grinste Jakob. „Warum sagst du denn das nicht gleich!"

Ziggy fuhr fort. „Und die beiden Stangen muss man an den Seiten der Schale anbringen ..."

Sie passten ebenfalls in die Kerben.

„Und jetzt müssen wir nur noch 16 Stunden warten", sagte Maya.

Sie saßen eine Weile da und schauten sich an. Jakob schaute auf die Uhr.

„16 Stunden und 28 Minuten ...“

„Wer kümmert sich um das Wasser?“, fragte Ziggy.

Einer von ihnen musste nachts um zwei aufstehen und Wasser in den Ballon spritzen.

Maya war nach der Raftingtour sehr müde, und sie wollte jetzt nach Hause und schlafen. Daher meinte sie, dass sie wohl um zwei aufstehen könnte, wenn sie so früh ins Bett ginge.

Ziggy wollte sich um sechs um das Wasser kümmern. Er zeigte den anderen, wie man Wasser in die Spritze füllte und sie auf das Ventil setzte. Dann ging Maya zum Schlafen nach Hause.

Kim und Ziggy legten ein Tuch über die Konstruktion und gingen nach oben, um Ziggys Keyboard fertig zu bauen. Jakob ging zum Kiosk um Schaumbananen zu kaufen.

Es dämmerte gerade, als die ersten Töne von der oberen Etage des Leuchtturms erklangen. Ziggy versuchte ein paar Akkorde, die in eine langsame Melodie übergingen.

Kim sah, dass Ziggy sich beim Spielen immer mehr konzentrierte. Die Musik war seltsam. So etwas hörte Kim normalerweise nicht, aber sie fand sie schön. Ziggy spielte mit geschlossenen Augen. Kim fand, er sah dabei aus, als ob er in Trance wäre.

Ohne dass sie es bemerkt hatte, war Jakob nach oben gekommen. Er stand ganz ruhig da und hörte zu. Keiner von ihnen hatte Ziggy schon einmal spielen gehört, da sein Klavier ja beim Umzug kaputtgegangen war.

Als Ziggy innehielt und die Augen öffnete, klatschten Jakob und Kim Beifall.

„Du kannst ja richtig gut spielen", rief Jakob. „Was war das eben?"

Ziggy lächelte schief. „Das ist Sternenmusik", sagte er.

Kim und Jakob wussten nicht, was Sternenmusik war. Ziggy nahm die große Sternenkarte von der Wand herunter und legte ein Stück Pergamentpapier darüber. Auf das durchsichtige Papier waren fünf Linien gezeichnet.

„Das sind Notenlinien", sagte Ziggy.

Dann zeigte er, wie Musik dabei entstand, wenn er die Sterne wie Noten auf das Pergamentpapier eintrug. Je nachdem, wo er auf der Sternenkarte seine Notenlinien anbrachte, entstanden verschiedene Melodien.

„Dadurch wird es Weltall-Musik", sagte er etwas schüchtern.

„Genial!", rief Jakob.

„Das ist toll. Spiel noch etwas!", bat Kim.

Ziggy holte ein Notenblatt hervor.

„Das ist vom letzten Winter. Entlang dem östlichen Horizont quer durch Orion ..."

Kim und Jakob waren sehr beeindruckt und wollten mehr wissen, daher ließ sich Ziggy in einem langen Vortrag über die Systeme aus, die er benutzte. Kim und Jakob nickten ohne viel zu verstehen.

Danach gingen sie nach unten und schauten vorsichtig unter die Abdeckung. Der Inhalt des Ballons war nun grün und grau. Sie spritzten Wasser hinein und gingen nach Hause.

Vier Stunden später wankte Maya schlaftrunken zum Leuchtturm hinaus. Sie fühlte sich überhaupt nicht ausgeruht und dachte nur daran, wieder ins Bett zu kommen, während sie das tat, was Ziggy ihr gezeigt hatte. Als sie das Tuch hochhob, schlug ihr ein unangenehmer Geruch entgegen. Wenn sie etwas wacher gewesen wäre, hätte sie vielleicht auch den schwarzen Fleck bemerkt, der in der breiigen Masse aufgetaucht war.

Um fünf stand Ziggy auf. Er hatte bereits eine Stunde wach gelegen und darüber nachgedacht, was wohl dort in dem Behältnis vor sich ging. Er aß eine Portion Öko-Müsli, bevor er durch den Laden hinaus auf die morgendlich ruhige Hafenstraße ging. Das Meer war spiegelglatt und die einzigen Lebewesen, denen er auf der Straße begegnete, waren eine Katze, ein Zeitungsbote und Möwen.

Er hatte noch eine halbe Stunde Zeit, bevor er Wasser in den Behälter spritzen musste. Daher ging er nach oben und spielte auf seinem Keyboard, während die Sonne im Osten aus dem Meer aufstieg. Es war schön, wieder etwas zu haben, worauf er spielen konnte. Er merkte, wie ruhig er innerlich wurde, während sich seine Finger über die Tasten bewegten und die Sternenmusik den Raum erfüllte.

Fünf Minuten nach sechs ging er hinunter zum Behältnis. Er putzte sehr sorgfältig seine Brille, bevor er das Tuch hochhob. Die Stangen, die unter der Schüssel herausragten, waren gewachsen, und es sah aus, als ob die Schale auf einem kleinen Kissen mit zwei Pfoten fußen würde.

Er bemerkte einen unangenehmen Geruch, der jedoch schnell wieder verschwand. Der Inhalt hatte sich verändert. Er sah jetzt eher wie gekochte Makkaroni aus, die in ein Goldfischglas gepresst worden waren. Und es sah aus, als ob darin jede Menge vor sich gehen würde. Ziggy schauderte, während er das Wasser in der Spritze abmaß. Dann nahm er ein leises Geräusch vom Ventil wahr – wie ein kleiner Pups – und der unangenehme Geruch streifte wieder sein Nasenloch.

Nachdem er das Wasser hineingespritzt hatte, wollte er eigentlich nach Hause zurück ins Bett gehen, aber er wusste, dass er sowieso nicht schlafen konnte. Daher ging er wieder nach oben zu seinem Keyboard. Er spielte immer wieder *Der östliche Horizont.* Er war mit dem Stück sehr zufrieden und völlig darin versunken, kleine Variationen davon auszuprobieren. Deshalb hörte er das gedämpfte Summen und das leise Rascheln von unten nicht. Und umso erschrockener war er, als ihn ein kleiner Pfiff dazu brachte, vom Keyboard aufzublicken. Er erstarrte. Sämtliche kleine Haare auf seinem Körper standen ihm zu Berge.

6

Als Kim die Tür zu ihrer Pyramide öffnete, stand ein kahlköpfiger Mann mit einer Plastikflasche in der Hand davor.

„Verzeihung, aber könnte ich vielleicht etwas Wasser bekommen?“, sagte er.

„Aber sicher“, sagte Kim und ging zum Wasserhahn.

Als sie ihn aufdrehte, kam eine merkwürdige, breiige Flüssigkeit heraus. Sie roch nach Bananen.

Sie ging mit der gefüllten Flasche zurück, doch der Mann wollte sie nicht.

„Das ist nicht meine Flasche“, sagte er und ging seines Weges, wobei er wild mit den Armen fuchtelte.

In dem Moment kam ein riesengroßer Adler angeschwebt und nahm Kim mit. Sie flogen hoch über der Stadt, und sie konnte die Zone Fünf deutlich erkennen – die Eierinsel, die Kralleninsel und die Schnabelinsel –, die zu Füßen der steilen Klippen im Wasser lag. Sie hatte überhaupt keine Angst. Als sie über der Kralleninsel im Sturzflug waren, sah sie, dass jemand auf den Kirchturm stieg. Es war ein kräftiger, muskulöser Mann in Lederklamotten. Er hatte eine große, krumme Nase, und auf dem Kopf trug er einen verbeulten und rostigen Eisenhelm mit Flügeln an den Seiten. Sein Gürtel hing schief und sein roter Bart wehte im Wind. Er sang beim Klettern.

Als der Adler sie abwarf, fiel sie langsam an dem großen Mann auf dem Turm vorbei. Im selben Moment begriff sie, dass es Adler der Schreckliche war, der das Orion-Stück sang.

Dann wachte sie auf.

Sie lag noch eine Weile im Bett und dachte über den merkwürdigen Traum nach. Doch als ihr der Plastikbehälter im Leuchtturm wieder einfiel, vergaß sie ihn im gleichen Augenblick.

Ihr kleiner Bruder und ihre Eltern schliefen noch. Sie stand so leise wie möglich auf und klaute auf dem Weg nach draußen einen Pfirsich aus der Obstschale.

Sie hörte Ziggy bereits von draußen vor dem Leuchtturm spielen und erkannte die Melodie vom Vortag wieder. Der östliche Horizont quer durch Orion.

Doch der Ballon stand nicht mehr auf Jakobs Tisch. Sie stürmte die Treppe hinauf.

„Er ist weg!“, rief sie auf dem Weg nach oben.

Dann erstarrte sie. Ziggy saß hinter dem Keyboard und machte ein merkwürdiges Gesicht. Direkt vor ihm stand das runde Behältnis in der Schale. Es war jetzt glasklar und es sah aus, als ob ein runder Tennisball darin schwimmen würde. Unter der Schale lagen zwei verschränkte Arme.

„Hä?“, machte Kim verwundert. „Warum hast du das denn mit hier hochgenommen?“

Im gleichen Moment erklang vom Ballon ein Pfiff, und der Tennisball drehte sich im Behälter herum.

Kim schrie auf. Ein großes Auge starrte sie aus dem Behälter an.

Ziggy saß völlig bewegungslos hinter seinem Keyboard.

„Ich ... habe das nicht mit hochgenommen", stammelte er. „Es ist von selbst gekommen!"

„Furz", kam aus dem Ventil.

„Mächtiger Megachip!", stöhnte Kim. „Was ist das?"

Sie schnüffelte herum. „Das stinkt ..."

Ohne Vorwarnung richtete sich das Etwas auf einem seiner beiden Arme auf. Kim wollte einen Schritt zurücktreten, doch bevor sie dazu kam, hatte es sie mit zwei Fingern, die plötzlich am Ende des Arms hervorgeschossen kamen, fest an der Nase gefasst.

Kim schrie auf, und Ziggy fuhr hoch um ihr zu helfen. Doch ehe er dazu kam, hatte sie ihre Nase selbst wieder befreit.

„So ein ... Monster", jammerte sie erschrocken.

Mit seinen zwei Armen machte es ein paar eigenartige Sprünge und brachte sich damit schnell aus Kims Reichweite.

„Das ... das ist eine Art Roboter“, sagte Ziggy. „Ich saß da und habe gespielt, und auf einmal war er hier. Er ist von alleine die Treppe hochgeklettert.“

„Wer weiß, was er noch alles kann?“

Vielleicht wollte das Etwas ihre Frage beantworten. Auf jeden Fall kamen ein paar kräftige Pfeiftöne aus dem Ventil, wobei sich die Kugel in der Schale drehte. Es trottete zur Treppe und bewegte sich die Stufen mit einer unglaublichen Geschwindigkeit hinunter und machte dabei Geräusche, als ob es Schwimmflossen anhätte. Kim und Ziggy stürmten hinterher.

Unten bei Jakob lief es unter den Tisch. Dann pfiff es, und die beiden Arme verschmolzen wieder zu einem einzigen, der sich aufrichtete, sodass der Tisch mit einem Krachen umfiel.

Sämtliche Unterlagen aus von Steiß’ Tasche flogen im Raum herum.

Dann stand es ruhig da, während sich das große Auge innen drehte. Es pfiff eine Melodie. Ziggy und Kim standen wie versteinert auf der Treppe und blickten verwirrt drein.

„Was ist denn hier los?“, hörte man Jakobs Stimme von unten.

Kurz darauf standen er und Maya ebenfalls in dem Raum und starrten noch dümmer auf das pfeifende Etwas.

Jakob brauchte erst mal zwei Schaumbananen, bevor er überhaupt irgendetwas sagen konnte. „Was stinkt denn hier so?“, murmelte er und rümpfte die Nase.

Das Etwas richtete sofort sein Auge auf ihn. Jakob angelte sich noch eine Schaumbanane. In dem Moment sprang das Ding auf ihn zu und musterte offensichtlich die Schaumbanane, was Jakob wiederum noch mehr zum Staunen brachte. Schneller als er blinzeln konnte, hatte es die Schaumbanane geklaut.

Jakob schrie auf und schlug nach dem Etwas, aber es war bereits wieder weg. Kim und Ziggy hatten sich nun so weit von dem Schrecken erholt, dass sie lachen konnten. Doch als Jakob immer verärgerter wurde, erzählten sie von ihren Erlebnissen mit dem Ding, während sich dieses die Schaumbanane vor sein Auge hielt und pfiff.

„Es wirkt ... nervös“, fand Maya.

Kim rieb sich die Nase, die noch immer wehtat.

„Wenn das noch mehr von meinen Schaumbananen klaut, dann schmeiße ich es ins Meer.“

„Wartet mal“, sagte Ziggy. „Die Melodie, die es pfeift, das ist ... das ist etwas von meiner Sternenmusik. Das habe ich doch gespielt, kurz bevor es zu mir hochgekommen ist.“

„Ach, dann ist es also nicht nur ein Schaumbananen-Dieb, sondern auch eine Art Aufnahmegerät.“

„Ich will mal etwas probieren“, sagte Ziggy und verschwand die Treppe hinauf.

Als sie kurz darauf seine Melodie hörten, wurde das Etwas ganz ruhig. Es richtete sein Auge auf die Treppe, und mit einem Mal war es mit klappernden Füßen auf dem Weg nach oben zur Musik.

Die drei anderen folgten ihm und sahen, wie es sich direkt vor das Keyboard stellte. Aus dem Ventil drang ein kleiner, zufriedener Pups, und dann kam es zur Ruhe.

„Ich glaube, jetzt ist es glücklich“, meinte Maya.

„Ach, hör doch auf!“, sagte Kim. „Das ist eine Maschine. Ein Roboter. Das ist weder glücklich noch traurig.“

Maya überzeugte das nicht. „Das kann man nie wissen.“

Ziggy spielte weiter, und das Ding stand ganz ruhig vor ihm.

„Wisst ihr, was ich glaube?“, fragte Jakob.

Das wussten sie natürlich nicht.

„Ich glaube, dass es von Ziggys Sternenmelodie geprägt wurde.“

„Was? Wie geprägt?“

„Also, wenn ein Küken aus dem Ei schlüpft, dann sieht es ja zuerst das Huhn, und daher betrachtet es das Huhn als seine Mutter“, erklärte Jakob.

„Das erste, was ein Küken sieht, ist eine Brutmaschine“, wandte Kim ein.

„Okay, dann denkt es eben, dass die Brutmaschine seine Mutter ist“, fuhr Jakob fort. „Es wurde von der Brutmaschine geprägt.“

Die anderen warteten darauf, was das mit der seltsamen Kugel zu tun hatte.

„Ziggys Melodie war garantiert das Allererste, was es gehört hat, als es geboren wurde."

„Geboren?", wiederholte Kim gereizt. „Das wurde doch nicht geboren, Mann! Das ist nicht dein kleiner Bruder. Das ist eine Maschine."

„Okay, dann eben als es ... zu funktionieren begann. Es hörte zuerst die Melodie, und jetzt möchte es die Melodie immer hören. Es wurde von der Melodie geprägt."

„Genau wie ein Baby, das die Stimme seiner Mutter hören will", sagte Maya.

„Genau!", sagte Jakob.

„Schwachsinn!", meinte Kim.

Ziggy hörte auf zu spielen. Der Roboter blieb bewegungslos stehen, als ob ihn jemand ausgeschaltet hätte.

„Er ist ausgegangen", sagte Kim.

„Vielleicht ist er eingeschlafen", meinte Maya.

Doch im Abstand von ein paar Sekunden kam ein ganz schwaches Geräusch aus dem Ventil. „Bit ... Bit ... Bit ...", sagte es.

„Es schnarcht“, meinte Jakob.

„Sollte es nicht einen Namen haben?“, schlug Maya vor.

„Dann wohl am besten das, was es sagt“, meinte Kim. „Bit!“

7

Ziggy schaute auf die Uhr.

„10 Uhr 13 soll er wieder gewässert werden. Und das ist dann das letzte Mal“, sagte er.

Jakob rieb seine Nase.

„Er ist ja ziemlich anstrengend ... ich meine, wenn wir ihn behalten sollten. Und er riecht merkwürdig.“

„Aber irgendwie ist er niedlich“, fand Maya.

„Ja, aber wozu ist er gut?“, fragte Ziggy nachdenklich. Er hatte sich wieder hinter das Keyboard gesetzt. Als er die ersten Töne der Sternenmelodie spielte, kam ein kleiner zufriedener Pfiff von Bit. Jakob rümpfte die Nase.

Dann rief Kim von der Etage eins tiefer. Sie hatte den Tisch wieder aufgestellt und die Unterlagen aufgesammelt. Jetzt schaute sie in die Aktentasche.

„Seht mal, hier gibt es ein Geheimfach!“, sagte sie. „Die hat einen doppelten Boden. Der Boden hat sich gelöst, als die Tasche auf den Fußboden gefallen ist.“

Sie holte einen großen Umschlag heraus.

„Seht mal!“

STRENG VERTRAULICH stand dort quer darüber in großen, roten Buchstaben. Aber der Umschlag war bereits aufgerissen. Darin lag eine Klarsichtfolie mit mehreren Briefbögen. „Diese Unterlagen dürfen *VR-Tech* nicht verlassen“, stand darauf.

„Hab ich es nicht gesagt?“, rief Maya. „Dieser von Steiß hat sie gestohlen.“

„Dann sollten wir sie wohl *VR-Tech* zurückgeben“, murmelte Ziggy.

Jakob fand, dass es dazu zu spät war, da sie nun bereits die Tasche aufgebrochen, die Flüssigkeiten vermischt und gemäß der Anleitung Bit gemacht hatten.

Kim nahm die Unterlagen aus dem Umschlag heraus. Sie beugten sich übereinander um zu lesen. Auf der ersten Seite stand nichts weiter als:

BERICHT
Betreffend das Projekt **8082004BI/DIR**
Streng vertraulich

In der ersten Phase von 8082004BI/DIR hat VR-Tech beschlossen, dass das Forschungsministerium nicht benachrichtigt werden muss.

„Forschungsministerium", sagte Ziggy und schnappte nach Luft. „Dann ist das sicher total geheim ..." Er blickte nervös über seine Schulter.

Kim blätterte um, und als sie den Bericht lasen, begannen sie nach und nach zu begreifen, was sie geschaffen hatten. Bit war der Prototyp einer ganz neuen Art Roboter, der eine Mischung aus den neusten Entwicklungen innerhalb der Gentechnologie und der Computertechnologie war.

„Wahnsinn", murmelte Jakob und stopfte sich zwei Schaumbananen auf einmal in den Mund.

Ziggy schluckte einen Kloß im Hals herunter und deutete auf den Bericht.

Die Wasserzufuhr ist sehr entscheidend. Bei der vorletzten und der letzten Zufuhr sollte man mit äußerster Vorsicht vorgehen. In dieser Phase wird BI/DIR ein völlig unkontrollierbares und wahrscheinlich zerstörerisches Verhalten aufweisen. Er sollte in einem geschlossenen Raum unter ständiger Aufsicht gehalten werden.

„Das ist genau jetzt“, flüsterte Ziggy.

„Dann verstehe ich auch, warum er mich in die Nase gekniffen und den Tisch umgeworfen hat“, sagte Kim. „Ja, er ist einfach plemplem. Ein durchgeknallter Bioroboter.“

Ziggy sah auf die Uhr. Es war viertel vor zehn. Sie hatten noch eine halbe Stunde Zeit, bis Bit zum letzten Mal Wasser bekommen sollte.

„Wir müssen ihn im Auge behalten“, sagte Ziggy und war bereits aufgestanden, als von unten eine Stimme erklang.

„Hallooo ... Ist da jemand?“

„Das ist von Steiß“, flüsterte Maya.

Kim legte den Zeigefinger an die Lippen.

„Am besten, wir reden nicht mit ihm. Wir tun so, als ob wir nicht hier sind."

Die anderen nickten.

„Hallo, hallooo ..."

Dann hörten sie Schritte auf der Treppe.

„Der Schwachkopf kommt hier hoch", flüsterte Maya. „Er glaubt garantiert, dass er herumschnüffeln kann."

Als ob sie es vorher mehrmals geübt hätten, räumten sie blitzschnell und lautlos die Tasche und alle Unterlagen zusammen und versteckten das Ganze unter dem Tuch, das über Bit gelegen hatte.

Es dauerte tatsächlich nicht lange, und von Steiß' kahler Kopf tauchte auf der Treppe auf. Seine Augen zwinkerten nervös, als er die vier Freunde im Leuchtturm sah, die ihn alle misstrauisch musterten.

„Oh, Verzeihung ... ich wusste nicht ... ich meine, ich wollte nur mal eben nachsehen..."

„Schleichen Sie vielleicht immer in den Häusern anderer Leute herum, Herr von Steiß?", fragte Maya.

„Aber nicht doch! Ich wollte euch nur etwas fragen."

Jakob nahm sich eine Schaumbanane. „Ja?"

Ziggy schielte besorgt zur Treppe. Bit sollte bald sein Wasser bekommen, und sie sollten ihn im Auge behalten. Plötzlich kam ihm der Gedanke, was Bit wohl mit dem Teleskop anstellen würde, wenn er es fand.

„Äh, ich geh nur mal kurz nach oben", sagte er.

Herr von Steiß räusperte sich. „Ich möchte lediglich wissen, ob ihr vielleicht ... also bevor ihr meinen Koffer abgegeben habt ... ob ihr ihn abgeschlossen habt oder ob da vielleicht etwas herausgefallen ist ... wofür ich euch auch gerne etwas bezahle ..."

Kim, Maya und Jakob sahen sich fragend an und schüttelten die Köpfe, während Ziggy auf dem Weg nach oben war.

Von Steiß' Nasenflügel vibrierten und er schnüffelte angestrengt.

„Was stinkt denn hier so?"

„Hat hier jemand einen fahren lassen?", fragte Jakob.

„Aha!“, rief von Steiß. „Hab ich’s mir doch gedacht!“ Dann rannte er Ziggy hinterher, verharrte jedoch, sobald er mit dem Kopf in der nächsten Etage angelangt war.

Ziggys Pergamentpapier mit der Sternenmelodie lag im ganzen Raum verteilt. Jede einzelne Note war sorgfältig ausgeschnitten und lag wie Konfetti überall herum. Und es stank ...

„Wo ist es?“, schrie von Steiß, der abermals die Beherrschung verlor.

Ziggy blickte auf die Verwüstung und sagte kleinlaut: „Die Melodie? Ja, die ist hinüber, aber ich habe sie mir gut gemerkt.“

Leonard von Steiß stürzte durch das Zimmer und hielt erst dort oben inne, wo das Teleskop zu Ziggys großer Erleichterung noch unversehrt stand.

„Suchen Sie etwas Bestimmtes?“, fragte Maya unschuldig.

Leonard von Steiß stieß ein Geräusch aus, das sich wie ein Schwur oder ein Fluch in einer fremden Sprache anhörte. Dann stürmte er die Treppe hinunter und lief wieder zurück auf die Mole, wobei er mit der geballten Faust wütend in die Luft boxte.

„Das hast du aber schnell auf die Reihe gekriegt, Ziggy", sagte Jakob. „Wie hast du es geschafft, ihn so schnell zu verstecken? Was hast du mit ihm gemacht?"

Ziggy schüttelte langsam den Kopf.

„Ich habe überhaupt niemanden versteckt. Bit ist abgehauen. Auf dem Tisch fehlt die Schere, und es fehlt noch immer die letzte Wasserzufuhr."

8

Sie durchsuchten das Laternenhaus und das Aufenthaltsdeck und waren gerade dabei, jeden einzelnen Gegenstand oben bei Ziggy auf den Kopf zu stellen, als Jakob endlich entdeckte, dass eines der vier runden Fenster zerbrochen war. Es gab keinen Zweifel: Bit war aus dem Fenster hinaus verschwunden. Doch wie er an der nahezu senkrechten und ziemlich glatten Leuchtturmwand heruntergekommen war, blieb den vier Freunden ein Rätsel.

Ziggy wollte *VR-Tech* anrufen. Oder die Polizei. Die anderen drei verzogen die Gesichter und fassten sich an den Kopf.

„Bist du verrückt?", sagte Jakob. „Willst du die Polizei anrufen und erzählen, dass wir von Steiß' Tasche aufgebrochen und mit dem Inhalt gespielt haben?"

„Und *VR-Tech* haben wir ja schon angerufen. Die kennen keinen von Steiß“, ergänzte Maya.

„Na ja, aber ... vielleicht“, begann Ziggy.

„Wir müssen ihn finden“, sagte Kim.

Jakob musste eine Schaumbanane essen. „Wie?“

„Eins ist klar: Wenn wir Ärger bekommen, dann rastet meine Mutter aus“, sagte Ziggy. „Vielleicht schmeißt sie uns dann hier raus.“

„Immer mit der Ruhe“, sagte Maya. „Wir haben doch gar nichts angestellt. Von Steiß ist der Lügner, oder etwa nicht?“

Ziggy atmete tief ein.

„Kann sein, dass ich eine Idee habe ...“

„Hauptsache, du rufst nicht die Polizei an“, meinte Jakob.

Das würde Ziggy zwar schon gerne tun, aber das war nicht sein Plan. Er war sich nicht sicher, ob er funktionieren würde, aber er wollte für Bit die Musik spielen. Wenn Jakob Recht hatte und Bit von seiner Melodie geprägt war, dann konnten sie ihn vielleicht mit Hilfe der Sternenmelodie zurücklocken.

„Wir können es ja versuchen", meinte Jakob.

Ziggy schaltete das Keyboard auf volle Lautstärke und spielte immer wieder die Melodie. Sie warteten, doch Bit war und blieb verschwunden.

„Er ist zu weit weg. Er kann es nicht hören", meinte Ziggy.

Kim glaubte nicht so recht an den Plan. Sie machte sich mit Maya auf die Suche. Sie mussten Bit unbedingt finden, bevor von Steiß ihn entdeckte.

Jakob und Ziggy gingen auf das Aufenthaltsdeck und blickten über die Zone Fünf.

„Wenn wir wenigstens eine Spur hätten, die wir verfolgen könnten", sagte Ziggy.

Jakob schaute hinunter auf die Mole. Er wunderte sich noch immer darüber, wie Bit von hier ganz oben da hinuntergekommen war.

„Schau mal! Drüben im Hafen geht irgendetwas vor sich", sagte Ziggy. „Dein Vater streitet sich mit jemandem."

„Mein Vater streitet sich nie mit jemandem. Nur mit meiner Mutter."

Jakobs Vater, Jo, war nebenbei Hafenmeister,

und selbst ohne Teleskop konnten sie erkennen, dass er tatsächlich vollkommen die Ruhe bewahrte, während der andere schrie und wild mit den Armen herumfuchtelte und immer wieder auf sein Boot zeigte.

Jo nickte mit der Pfeife im Mund und mit beiden Händen in den Taschen.

Ziggy richtete das Teleskop auf das Boot. Im Segel waren Löcher.

„He, warte mal ..." rief er und stellte es schärfer. „Ich glaube, wir haben jetzt eine Spur."

„Wie das?"

„Im Segel dieses Typen sind jede Menge Löcher, und die haben alle die Form von ... Noten!"

„Noten", murmelte Jakob. „Der kleine Terrorist hat Noten aus dem Segel geschnitten ..."

Ziggy nickte und ihm fiel wieder die Schere ein, die von seinem Tisch verschwunden war.

„Na logisch! Sind wir blöd!", rief Jakob und war bereits auf dem Weg nach unten. „Bit ist einfach ins Wasser gesprungen. Er kann sicher ohne weiteres aus dem Fenster ins Wasser springen, und wer hat gesagt, dass er nicht schwimmen kann?“

Ziggy klemmte sich das Keyboard unter den Arm, und kurz darauf standen sie auf dem Bootssteg, auf dem Jo sich noch immer geduldig die Beschwerden des Seglers anhörte. Er warf mit Worten wie Vandalismus, Sabotage und Polizei nur so um sich, doch als er Ziggy mit dem Keyboard bemerkte, versiegte sein Redefluss.

„Sag mal, bist du das vielleicht, der hier Notenlöcher in mein Segel geschnitten hat?“

Ziggy, der es nicht gewohnt war, für Vandalismus beschuldigt zu werden, verschlug es die Sprache, und er konnte nur den Kopf schütteln.

„Habt ihr damit etwas zu tun?“, fragte Jo.

„Wir? Nein!“, sagte Jakob.

Am Fuße des Masts entdeckte Ziggy seine Schere. Jo zuckte mit den Schultern und paffte an seiner Pfeife.

„Was macht ihr überhaupt hier? Wollt ihr für die Möwen ein Konzert geben?“

„Na ja ... ähm ...“, begann Jakob. „Wir ... wollen ...“

„Wir wollen F16 beibringen, herzukommen, wenn ich eine bestimmte Melodie spiele“, sagte Ziggy schnell. Dann begann er die Sternenmelodie zu spielen.

Der Segler glotzte sie an, als ob sie vier Arme und Stielaugen hätten.

„Sagt mal, habt ihr einen Knall oder was?“

„Tja ...“, sagte Jo ohne die Pfeife aus dem Mund zu nehmen. „Der mit der albernen Mütze da ist ja mein Sohn ...“

Der Segler schüttelte verzweifelt den Kopf und ging an Bord seines Bootes.

„Aber Sie haben ja bestimmt eine Versicherung“, sagte Jo und schaute in die Luft.

Die hatte der Segler.

„Ihr solltet noch ein bisschen mit F16 üben“, meinte Jo. Dann schlenderte er hinauf zu seiner Werkstatt.

Noch immer kein Bit. Er war schon zu weit weg, meinte Ziggy. Oder das mit der Musik funktionierte eben überhaupt nicht.

Der Segler stand auf dem Deck und betrachtete sie misstrauisch. Als sie gingen, stand er noch immer dort. Er war zu der Schlussfolgerung gelangt, dass es in Zone Fünf eine Irrenanstalt geben musste.

„Nun sollte er schon seit über einer Stunde Wasser bekommen“, sagte Jakob.

„Vielleicht ist er verdurstet.“

Jakob rief Kim an. Sie hatten nichts gesehen. Er erzählte von den Notenlöchern, und sie verabredeten sich vor dem *UFOod*-Restaurant.

Als sie an der Litfasssäule auf dem Marktplatz vorbeigingen, sahen sie, dass alle Plakate in kleine Stücke zerschnitten waren.

„Wir sind auf der richtigen Spur“, sagte Jakob.

Statt am Hafen am *Adlernest* vorbeizugehen, gingen sie quer über den Galeonsplatz und durch die Hummergasse bis zum Platz Adlers des Schrecklichen. Ziggy wollte nicht riskieren, dass Laila ihn entdeckte und ihn zum Aufpassen im Laden verdonnerte. In letzter Zeit war er recht froh darüber, dass er als Einziger der vier Freunde kein Handy hatte.

Beim Eingang zur Grabkammer von Adler dem Schrecklichen fing er wieder zu spielen an.

Die Touristen, die auf dem Weg zu dem unterirdischen Grab waren, blieben stehen und lächelten. Jakob redete mit der Frau am Verkaufsschalter.

„So eine merkwürdige kleine Kristallkugel, die gehen kann? Mit einem großen Auge darin?“, fragte sie.

Jakob nickte eifrig.

„Ja ... so eine ist über den Platz gesaust und hat beinahe die alte Karoline vom Rad gehauen. Was ist das nur für Spielzeug, das man heutzutage kaufen kann ...“

Jakob stürmte los und zog Ziggy hinter sich her.

„Bit war hier!“

Das *UFOod* lag mitten auf dem Admiralsplatz. Dort standen Kim und Maya und warteten. Sie betrachteten das große UFO, das sich sonst immer über dem Restaurant drehte. Doch das tat es jetzt nicht. Es blinkte auch nicht mehr in allen möglichen Farben. Es lag einfach nur bewegungslos über dem Restaurant wie ein kaputtes Raumfahrzeug.

Als Ziggy und Jakob dort ankamen, entstand auf einmal Unruhe. Es sah aus, als ob alle Gäste auf einmal auf dem Weg nach draußen waren. Die meisten hielten sich die Nase zu.

Zuletzt kamen zwei Angestellte des *UFOods* in Astronautenanzügen heraus und hatten einen sehr erregten Mann zwischen sich fest im Griff. Es war Leonard von Steiß.

„Was ist das für ein Geruch?“, schrie er. „Das ganze Restaurant stinkt. Ich verlange eine Erklärung!“

Dann fielen ihm die vier Freunde ins Auge.

„Aha, ihr! Ich wusste es doch!“

Die Astronauten ließen ihn los. „Gehen Sie jetzt nach Hause und schlafen Sie“, kam es aus dem kleinen Mikro des einen Astronauten.

„Die haben das gemacht!“, rief er und zeigte auf die Kinder. „Sie sind an allem Schuld!“

„Lasst uns weitergehen“, sagte Maya.

Die Astronauten schüttelten in ihren Helmen die Köpfe über den kahlköpfigen Verrückten und gingen zurück ins Restaurant.

Etwas weiter unten in der Taifunstraße im

Schutz eines Bankgebäudes stand ein kleiner Mann mit einer starken Brille und beobachtete das Geschehen, während er etwas in ein *POW* notierte, das aussah, als ob es eines der neuesten Modelle wäre.

Wenn man direkt neben ihm gestanden hätte, hätte man vielleicht das kleine, unauffällige Logo von *VR-Tech* in der Bildschirmecke gesehen.

„Das ist Diebstahl! Ich will meine Tasche", rief von Steiß, doch die Kinder waren bereits auf dem Weg zur Seilbahnstation. Vor der gläsernen Eingangstür zur Station stand nämlich ein verwirrter Pizzajunge und wühlte neben seinem umgestürzten Mofa in den Resten von vier Pizza Napoli. Nach und nach wurde Bits Spur nur allzu deutlich.

Die Seilbahn verband Zone Fünf mit der U-Bahn der Stadt. Die dicken Kabel verschwanden in einem Loch in der senkrechten Felswand oberhalb der Schnabelinsel. Zwei große Kabinen fuhren rund um die Uhr zwischen der Station auf der Schnabelinsel und der U-Bahnstation tief im Fels unter der großen Stadt hin und her.

Von Steiß drohte mit der geballten Faust und machte sich auf den Weg zum Park. Er bemerkte nicht, dass der kleine Mann mit der Brille sein *POW* in die Tasche steckte und ihm eiligen Schrittes folgte. Beim Parkeingang hatte er zu von Steiß aufgeschlossen und tippte ihm auf die Schulter. Von Steiß schreckte auf und beschleunigte seinen Schritt. Doch da holte der kleine Mann sein POW hervor und hielt es von Steiß entgegen.

„Ihr letztes Modell“, flüsterte der Mann bedeutungsschwer.

Von Steiß erstarrte.

„Wo ist der Koffer?“, fragte der kleine Mann.

„Ich habe ihn nicht mehr“, sagte von Steiß. „Ein paar Kinder haben ihn gestohlen.“

Der Mann schüttelte den Kopf.

„Kinder ... nun ist es aber genug. Meinen Sie nicht, dass es die Astronauten waren, mit denen Sie eben geredet haben?“

„Ja, aber ... ja aber das stimmt ... sie waren eben hier.“

Er deutete verwirrt in Richtung *UFOod*.

„Die im Labor sind verdammt sauer auf Sie. Man darf nicht stehlen. Man wird bei der Polizei angezeigt, wenn man das tut“, fuhr der Mann ernst fort.

„Ha!“, schnaubte Leonard von Steiß. „Dann kann sich *VR-Tech* ja gleich selber anzeigen. Man darf nämlich ebenso wenig mit genetischen Biorobotern experimentieren ohne das Forschungsministerium darüber zu informieren.“

Der Mann mit der Brille zögerte.

„Es wäre alles viel einfacher für Sie, wenn Sie den Koffer abliefern würden.“

„Ja, aber, ich habe ihn doch gar nicht!“, rief von Steiß. „Können Sie das denn nicht begreifen?“

Jetzt war er anscheinend zu aufgebracht, um sich um das *POW* zu kümmern.

„Außerdem ist es mein Werk. Es ist mein Roboter. Ich habe ihn erschaffen“, heulte er.

Der Mann blickte sich besorgt um.

„Er gehört mir ... mir!“

„Hören Sie auf! Beruhigen Sie sich! Sie arbeiten ja für uns, nicht wahr?“

Doch von Steiß wurde immer wütender und regte sich darüber auf, dass ihn alle bestehlen würden und dass sie kein Recht dazu hätten. Das neue *POW* hatte er völlig vergessen. Der kleine Mann zuckte resigniert mit den Schultern, steckte das *POW* wieder in die Tasche und schlich sich schnell von dem alten Ingenieur davon.

„Ich glaube, er hat es jetzt aufgegeben", flüsterte Maya. „Hoffentlich findet er Bit trotzdem nicht vor uns!"

„Ich würde gerne wissen, mit wem er sich da gestritten hat", wunderte sich Jakob.

„Das war garantiert irgendjemand von *VR-Tech*, der herausgefunden hat, dass von Steiß den Prototypen geklaut hat."

Im gleichen Moment fasste Jakob sie am Arm.

Auf dem Weg hinüber zur Seilbahnstation blieb Kim stehen und warf einen Blick auf den geknickten von Steiß, der im Park verschwand und dort die Bäume beschimpfte.

„Seht ihr auch, was ich sehe?", flüsterte Jakob und deutete auf die Kabine, die gerade am Kabel aus der Station glitt und hinauffuhr.

Irgendetwas war oben auf dem Kabinendach. Ein Ding, das nicht dort hingehörte. Eine kleine Kugel, die auf irgendetwas anderem saß. Es sah aus, als ob die kleine Kugel schwach leuchten würde.

9

Sie nahmen die nächste Bahn zu Metrostation im Fels. Bit war verschwunden. Sie konnten nichts weiter tun, als ihn in der U-Bahn zu suchen. Ziggy nahm seine Melodie auf Kims *POW* auf, damit sie diese auch abspielen konnte. Sie teilten die U-Bahnlinien untereinander auf. Dann vereinbarten sie, dass sie sich bei Einbruch der Dunkelheit wieder im Leuchtturm treffen wollten, da sie sich in den U-Bahntunnels nicht per Handy verständigen konnten. Kim und Maya nahmen die erste U-Bahn Richtung Norden. Ziggy und Jakob blieben in der Station und spielten. Noch immer kein Bit.

Wie immer war es sehr warm in der U-Bahnstation, weswegen Jakob seine gehäkelte Mütze abnahm und sich neben den spielenden Ziggy setzte. Auf einmal plumpste eine Münze in die

Mütze. Jakob schaute verdutzt zu einer Frau auf, die freundlich lächelte und mit ihrem kleinen Kind im Schlepptau weiterging.

Sie spielten den ganzen Tag. In allen Stationen. Kein Bit und keine Spur.

Kim und Maya waren die Ersten im Leuchtturm. Sie waren ziemlich mies drauf. Jakob und Ziggy waren etwas besser gelaunt, da sie trotz allem noch eine Mütze voll Kleingeld auf dem Tisch ausschütten konnten.

„Kein Bit, aber jede Menge Geld“, sagte Jakob und begann zu zählen. „Davon könntest du leben, Ziggy.“

Ziggy lächelte schief und ging zu seinem Teleskop hinauf. Er machte sich Sorgen. Was, wenn von Steiß nun zur Polizei ging? Oder wenn Bit wirklich ernsthafte Probleme machte? Kurz darauf kam Maya zu ihm nach oben.

„Irgendwie war er süß. Ich möchte wissen, was passiert, wenn er seine letzte Wasserration nicht bekommt. Meinst du, er stirbt, Ziggy?“

Ziggy war sich nicht sicher, ob Bit jemals ein Lebewesen gewesen war.

„Er ist ja eine Art Maschine, wenn man es genau betrachtet, nicht wahr?“

Maya antwortete nicht. Etwas war ihr ins Auge geraten.

„Was ist das für ein leuchtender Fleck dort drüben auf dem Kirchturm? Er bewegt sich!“

Ziggy putzte seine Brille. Die Kirche stand drüben auf der Kralleninsel gegenüber von der Schnabelinsel. Es stimmte, Maya hatte völlig Recht. Dort bewegte sich ein kleiner leuchtender Punkt den Turm hinauf. Langsam stellte Ziggy das Teleskop ein.

Maya wurde ungeduldig.

„Und, was ist?“

„Das ... ja, das ist Bit! Ganz sicher. Was da leuchtet, ist sein Kopf.“

Dann schubste Maya ihn beiseite.

„Du heiliger Wackelpudding! Er klettert ja außen um den Turm herum. Was hat er nur vor?“

Ziggy hatte eine Idee. „Die runde Figur ganz oben auf der Turmspitze. Das ist doch sicher eine Sonne, oder?“

„Ja. Ein Kreuz mit einer Sonne darauf. Und?“

„Bit glaubt sicher, dass das eine ganz große Note ist."

Maya schnappte nach Luft.

„Ja, aber, er fällt doch runter. Das geht schief."

„113 Zin", rief Jakob von unten. „Wir haben 113 Zin verdient. Ich gehe gleich zum Kiosk."

„Nein, das tust du nicht", rief Maya zurück. „Wir müssen rüber auf die Kralleninsel, denn Bit marschiert gerade den Kirchturm hinauf. Von außen!"

Maya hatte schnell einen Plan aufgestellt und verteilte die Aufgaben: Kim und Ziggy sollten beim Teleskop bleiben und Bit damit im Auge behalten. Maya und Jakob bildeten den Rettungstrupp, der versuchen sollte, Bit herunterzubekommen.

„Ich klettere aber nicht auf irgendeinen Turm", wandte Jakob ein.

Also sprang Ziggy ein. „Nein. Jakob bleibt hier. Ich gehe mit rüber zum Kirchturm."

„Du kletterst?" Jakob war sprachlos.

„Nein. Ich spiele."

Kurz darauf waren Maya und Ziggy jeweils

mit einem Rucksack bereits auf der Mole unterwegs.

„Ihr habt das Keyboard vergessen!“, rief Kim oben vom Aufenthaltsdeck.

Ziggy war schon zu sehr außer Puste um antworten zu können. Er schüttelte den Kopf. Wenn Bit beim Kirchturm war, brauchte er sein Keyboard nicht.

Als sie sich der Fischerbrücke näherten, die zur Kralleninsel führte, klingelte zum Glück Mayas Handy.

Es war Kim.

„Bit ist schon fast ganz oben an der Spitze“, berichtete sie. „Ihr müsst euch beeilen.“

„Wir beeilen uns“, antwortete Maya und hatte die Brücke schon überquert. Ziggy stürzte ihr hinterher.

Die schwere Kirchentür knarrte, als sie sie aufstießen.

Die Kirche lag im Dunkeln. Sie war schon seit einigen Jahren nicht mehr in Betrieb. Dann und wann organisierte jemand mal eine Ausstellung oder ein Konzert, ansonsten wurde sie nur von den Tauben oder ab und zu von einem Obdachlosen benutzt.

Maya nahm Ziggys Rucksack und knipste eine Taschenlampe an. Während Ziggy sich durch die Stuhlreihen zum Altar vorkämpfte, entdeckte Maya eine Wendeltreppe, die den Turm hinaufführte. Sie folgte der Wendeltreppe ganz rauf bis zur Uhr, an der die Treppe endete.

Dann öffnete Maya einen der Fensterläden und lehnte sich hinaus. Es ging fast so weit nach unten wie im Leuchtturm. Aber jetzt war es wichtiger für Maya, nach oben zu schauen. Auf halbem Weg zur Kirchturmspitze entdeckte sie Bit.

Sein großes Auge leuchtete schwach, während sich der kleine Roboter mit seinen eigenartigen Armen nach oben bewegte. Anscheinend konnte er sie wie eine Art Saugnäpfe auf dem Kupferdach benutzen.

In der Zwischenzeit war Ziggy hinter den Altar gelangt. Er wusste, dass das, wonach er suchte, ganz in der Nähe sein musste. Nachdem er ein bisschen herumgefummelt hatte, fand er auch den Anschluss, der die kleine Lampe über dem Tastenwerk zum Leuchten brachte.

Obwohl sie darauf vorbereitet war, bekam Maya trotzdem einen Schreck, als die Orgelklänge durch die Kirche schallten. Ziggy spielte ein paar Akkorde zur Übung, und dann ging er zur Sternenmelodie über.

Zuerst fiel Maya auf, wie schön es klang. Das Gleiche dachten Kim und Jakob, die die Musik sogar vom Leuchtturm aus hören konnten. Die schönen Töne passten irgendwie perfekt zum Sternenhimmel.

Das leuchtende Auge drehte sich ein paar Mal. Bit versuchte offensichtlich herauszufinden, wo die Musik herkam. Zuerst bewegte er sich langsam ein Stück nach unten, dann wieder nach oben. Dann drehte er eine Runde um die Kirchturmspitze und blieb danach wieder stehen.

Ein Stück vom Kirchplatz entfernt stand ein kleiner Mann im Dunkeln und beobachtete das Ganze durch ein kleines, spezielles Nachtfernsichtgerät, das er auf seine starke Brille montiert hatte.

Oben im Turm hatte Maya ein paar Arbeitshandschuhe angezogen und war bereit, Bit festzuhalten, falls sie die Chance dazu haben sollte. Jakob konnte Bit deutlich im Teleskop erkennen.

„Sieht aus, als ob er festsitzt“, sagte er. Bit versuchte sich loszumachen, aber einer seiner Arme wollte sich nicht vom Kupferdach lösen.

„Ich kann da nicht rauf“, antwortete Maya ins Handy. „Ich müsste erst ein Seil irgendwie um die Kirchturmspitze bekommen, und das schaffe ich nicht.“

Auf einmal erklang ein Schrei aus dem Handy.

„Er ist heruntergefallen! Oh, nein, er hängt und baumelt ...“, rief Jakob.

Bit zuckte ein paar mal komisch. Plötzlich verlor er mit dem Arm seinen Halt und dann stürzte er ab.

Maya sah gerade noch einen leuchtenden Strich am Turmfenster vorbeisausen. Ziggy spielte nichts ahnend weiter. Kim und Jakob vergaßen, Luft zu holen.

„Hoppla“, murmelte der kleine Mann vor sich

hin und nahm das Fernglas von der Brille. „Da ist wohl jemand abgestürzt ...“

Er holte ein hochmodernes *POW* hervor und sprach: „Der Fall ist abgeschlossen“, sagte er. „Sturz aus etwa 20 Metern. Nicht mehr zu finden.“

Er hörte kurz zu.

„Nein, nein. Vergiss alles über von Steiß“, sagte er zufrieden und verschwand im Dunkeln hinter der Kirche.

Er konnte nicht wissen, dass der leuchtende Streifen nie auf dem Erdboden angekommen war. Denn als Bit stürzte, rannte Maya zum Fenster. Bit hing an einem der Sandstein-Engel fest, die den Turm gleich unterhalb der Uhr schmückten. Der schlackernde Fuß hatte sich zwischen dem Flügel und dem Rücken des Engels verkeilt. Nun konnte Bit weder hinauf noch hinunter. Die Kugel baumelte merkwürdig von der Schale, während der Bioroboter vergebens versuchte sich zu befreien.

„Was ist passiert?“, rief Kim durchs Handy.

„Er hat sich eingeklemmt. In einem rettenden

Engel", sagte Maya. „Ich gehe hinunter und hole ihn."

„Mach das nicht! Das ist gefährlich."

Doch Maya hatte die Verbindung bereits beendet und packte ihr Seil aus. Ziggy spielte einfach immer weiter.

Maya stieß sich mit einem kräftigen Fußtritt von der Mauer ab und ließ sich ein Stück hinuntergleiten. Sie war sehr froh, dass sie Abseilen gelernt hatte. Genau genommen hatten sie sich an Bäumen abgeseilt, aber eigentlich war es hier an der Mauer einfacher. Sie musste nur aufpassen, dass sich das Seil nicht in den Zeigern der Uhr verhedderte. Hier oben war die Uhr viel größer, als man meinen wollte.

Kim und Jakob hatten den Leuchtturm verlassen und waren auf dem Weg hinüber zur Kirche, so schnell sie die Beine nur tragen konnten. Ziggy hatte vergessen, worum es überhaupt ging. Jedenfalls saß er in der dunklen Kirche und fühlte sich wie im Himmel zwischen den Sternen.

Maya kam mit heiler Haut an der Uhr vorbei. Mit einem einzigen weiteren Absprung war sie ganz unten bei Bit angekommen. Als sie genau vor Bit hing, beruhigte er sich. Das Auge blickte sie direkt an. Maya meinte Dankbarkeit und Erleichterung in Bits Auge zu erkennen. Doch als sie das Seil befestigte und sich nach ihm ausstreckte, kniff er sie mit seinem freien Arm in die Handschuhe. Er hatte überraschend viel Kraft. Maya zog ihre Hand zurück, doch der Handschuh blieb in Bits Griff stecken.

„Plan B", murmelte Maya und versuchte sich etwas weiter nach oben zu stellen. Sie blickte hinunter und entdeckte Jakobs große, gehäkelte Mütze neben Kim. Sie winkten ihr zu.

Es gelang ihr, eine Schlaufe in das herunterhängende Seil zu machen. Beim dritten Versuch bekam sie die Schlaufe um Bit, und so konnte sie ohne Gefahr, gebissen, gekniffen oder gestochen zu werden, den Roboter von dem rettenden Engel heben. Die Kugel leuchtete hell, und die Arme fuchtelten wild umher.

„Ich lasse ihn runter", rief sie laut.

Jakob nickte heftig, während die Musik weiterhin aus der Kirche drang.

Ganz langsam ließ Maya den zappelnden Roboter hinunter auf die Erde. Auf dem Weg nach unten wurden Bits Bewegungen immer langsamer, wobei die Kugel immer kräftiger leuchtete. Schließlich hingen die Arme schlapp nach unten.

„Er ist tot", jammerte Maya.

Als Bit den Boden erreichte, lag er völlig bewegungslos da. Jakob und Kim traten näher, wobei sie aber noch immer Bedenken hatten, in Reichweite der Arme zu kommen.

Vorsichtig legte Kim eine Hand auf Bits Kopf, zog sie jedoch sofort zurück, als ob sie einen Schlag bekommen hätte.

„Er ist glühend heiß. Ich glaube er schmilzt."

„Wasser!", rief Jakob. „Wir müssen ihm das letzte Wasser geben."

Maya seilte sich selbst schnell das letzte Stück zum Erdboden ab. Sie zog den Handschuh wieder an und hob Bit auf.

Jakob ging in die Kirche und versuchte Ziggy zum Aufhören zu bringen. Er saß hinter der Orgel und war vollkommen in Trance. Jakob musste ihn erst fast von der Bank reißen.

„Mann, was für ein Instrument!“, seufzte Ziggy.

Draußen hatte Maya die Injektionsspritze und eine Flasche Wasser aus dem Rucksack geholt. Sie reichte sie Kim und hielt dann selbst den glühenden Kopf. Kim führte die Spritze ins Ventil und drückte den Kolben nach unten. Dann ging das Licht ins Bits Auge langsam aus.

Schließlich legten sie Bit vorsichtig in den Rucksack und machten sich auf den Weg zurück zum Leuchtturm.

Sie waren gerade in der Nähe des Marktplatzes als Maya plötzlich aufschrie und den Rucksack von sich warf. Im nächsten Augenblick öffnete er sich, und Bits Auge tauchte auf.

„Er lebt ... ähm, funktioniert!“, rief Kim.

Das Auge kreiste langsam und betrachtete die vier Augenpaare, die es besorgt anstarrten. Dann erklangen die ersten Töne der Sternenmelodie.

Ziggy pfiff dasselbe. Dann pfiff wieder Bit und so ging es weiter. Kim öffnete den Rucksack und Bit war frei. Als Ziggy losging, folgte ihm Bit.

„Pfeif du mal die Melodie“, sagte Ziggy zu Maya.

Als sie das tat, drehte Bit sofort sein Auge in ihre Richtung, und auf einmal erschienen ein paar leuchtende Punkte in der Luft vor dem Biorobo-ter. Sie sahen aus wie Glühwürmchen, aber sie bewegten sich nicht und leuchteten deutlich ohne zu blinken.

„Aber seht doch mal!“, rief Ziggy. „Das ist ja Orion. Das ist das Sternbild Orion!“

„Er kann ihn abbilden“, staunte Kim. „Bit kann einfach Hologramme in die Luft malen!“

„Ich würde gerne mal wissen, was du eigentlich für einer bist“, sagte Maya leise.

Das Sternenbild verschwand, und Bits Auge kreiste in der Kugel.

„Das weiß er sicher selber nicht“, meinte Maya.

„Ich glaube, jetzt ist er zahm“, sagte Jakob, als sie wieder im Leuchtturm angekommen waren. „Jetzt beißt du nicht mehr, stimmt's?“

Bit pfiff zweimal.

„Da seht ihr es. Das bedeutet Nein.“

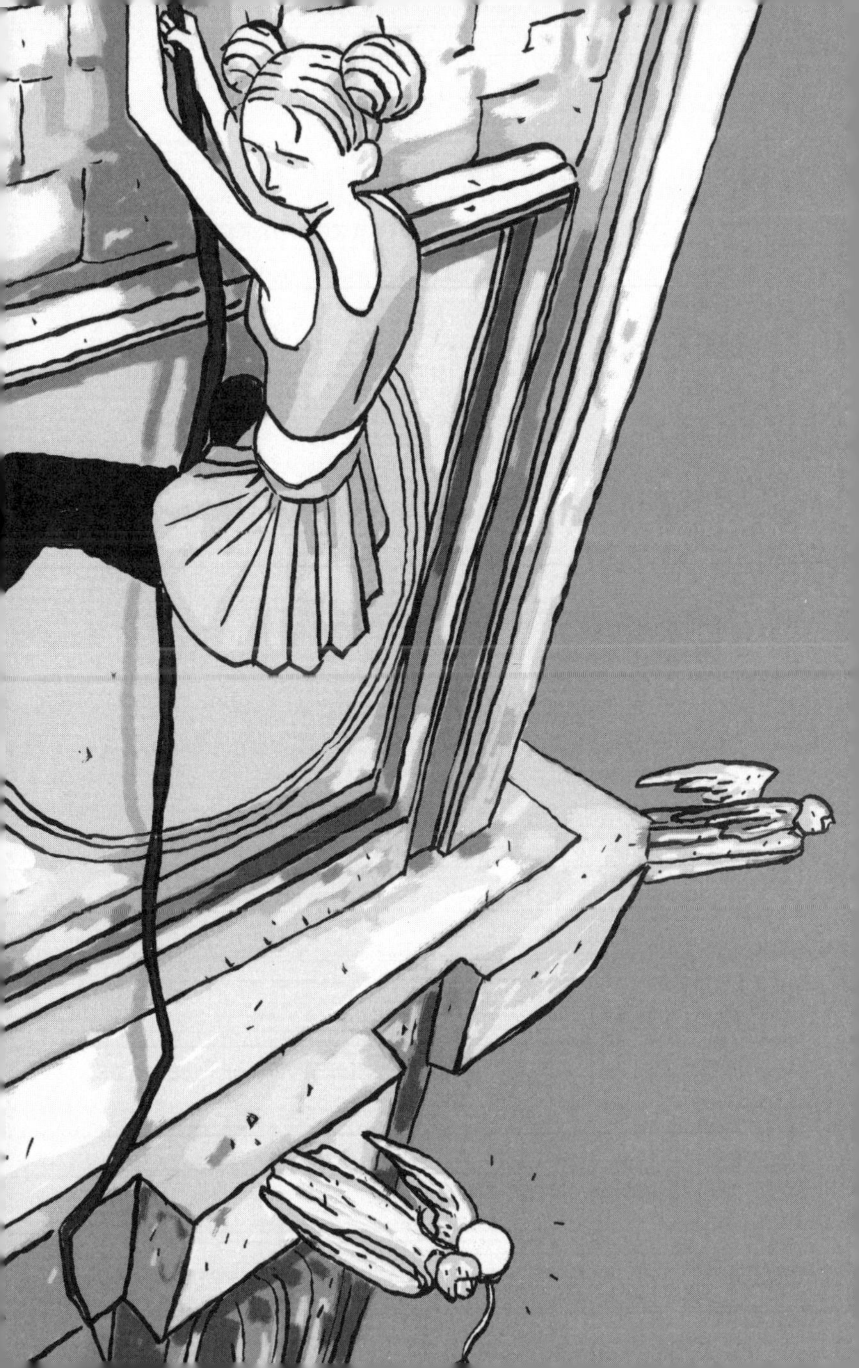

Dann pfiff Bit einmal.

„Und das bedeutet Ja."

Bit stieß wieder einen einzelnen Pfiff aus.

„Dann haben wir also ein neues Clubmitglied bekommen", sagte Maya.

Das Geräusch, das jetzt aus dem Ventil schoss, war kein Pfiff.

„Puh!", rief Kim. „Warst du das, Bit?"

Bit drehte sein Auge zur Wand und pfiff zweimal.

Die Abenteuer-Kids

Sally Altschuler

Ziggy bleibt die Spucke weg. Das Haus am Hafen, das seine Mutter gekauft hat, entpuppt sich als Leuchtturm! Na toll, und wo soll jetzt das Klavier hin? Doch der alte Leuchtturm ist ein prima Treffpunkt für Kim, Maya, Jakob und Ziggy. Von dort beobachten die Kids den Nachthimmel mit Ziggys Super-Teleskop. Und sie entdecken magische Zeichen ... Zeichen, die nur im Mondlicht leuchten und zu einem uralten Geheimnis führen …

144 Seiten, ab 9 Jahre

Schneider Buch EGMONT

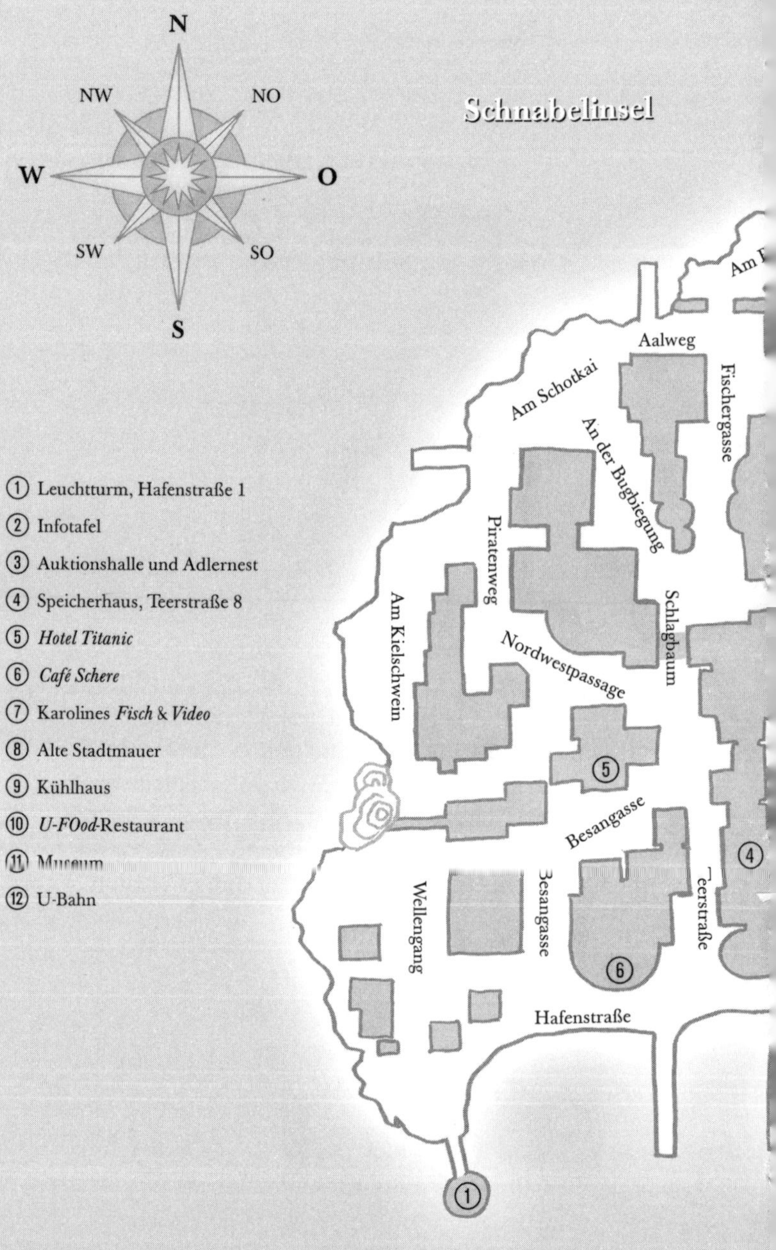

N
NW
NO
W
O
SW
SO
S
Schnabelinsel
① Leuchtturm, Hafenstraße 1
② Infotafel
③ Auktionshalle und Adlernest
④ Speicherhaus, Teerstraße 8
⑤ *Hotel Titanic*
⑥ *Café Schere*
⑦ Karolines *Fisch* & *Video*
⑧ Alte Stadtmauer
⑨ Kühlhaus
⑩ *U-FOod*-Restaurant
⑪ Museum
⑫ U-Bahn
Aalweg
Am Schotkai
Fischergasse
An der Bugbiegung
Piratenweg
Am Kielschwein
Schlagbaum
Nordwestpassage
Besangasse
Besangasse
Wellengang
eerstraße
Hafenstraße
5
4
6
1